もののけ本所深川事件帖
オサキ江戸へ

高橋由太

宝島社
文庫

宝島社

もくじ

もののけ本所深川事件帖　オサキ江戸へ

御先狐【おさきぎつね】

俗に、飼い馴らすと飼主の命を奉じて種々の神変不思議なことをするという妖狐。尾裂狐。

『広辞苑 第六版』より

今は昔、徳川家治《とくがわいえはる》の側近として田沼意次《たぬまおきつぐ》がときめいていたころのことである。

本所深川《ほんじょふかがわ》にあったといわれる朱引《しゅび》き通りに、周吉《しゅうきち》という名のオサキモチが住んでいた。オサキとは日本に伝わる狐の姿をした憑《つ》きもののことで、オサキに憑かれた人間をオサキモチという。

周吉は不思議な力を使うことができた。

夜になると深い闇に覆われ、一寸先も見えなくなる時代のことで、人々は闇に怯《おび》え、その闇に棲《す》む得体の知れない妖《あやかし》たちに怯えていた。

オサキも不思議な力を持っているとされ疎まれていた。

例えば、ちょこまかと他人の家に忍び込み、米や麦などの農作物を奪い、主人であるオサキモチのところへ運ぶというのだ。その結果、オサキモチの家だけが栄え、村全体としては飢えてしまうというのである。

これは多くの人々に広まっていた噂《うわさ》ではあったが、どこまでが本当のことなのかはわからない。

一　鬼寺

本所の回向院《えこういん》のことは知っていても、鬼寺《おにでら》のことを知っている人間は少ない。

回向院が建立されたのは、明暦三年、西暦でいうと一六五七年のこと。振袖《ふりそで》火事の無縁仏を供養するために建立された寺である。

将軍家綱《いえつな》が遵誉《じゅんよ》上人に命じて無縁仏に冥福《めいふく》の祈りをささげる大法要を執り行ったことが、「回向院の歴史のはじまりである」というのだから、由緒も由来もしっかりとしている。

一方、回向院からほど近い、この寂れた寺のことは地元の貧乏人連中しか知らない。本所の貧乏人たちの間では「本所の鬼寺」として有名な寺であったが、誰《だれ》ひとりとして正式な名前を知らない。いつからこの寺が本所にあるのかを知っている人間もおらず、由緒も由来も何もあったものではない。

身内に死人が出ても貧しい者は満足に供養をしてやれず、葬式《とむらい》どころか死体を持て余してしまうことも少なくない。

そんな死体が鬼寺に捨てられる。

鬼寺の境内の隅には無縁塚があって、その少し湿《しめ》った土を掘り起こせば、貧乏人や行き倒れたちの死体が折り重なっているはずであった。

無縁塚といっても、回向院の万人塚とはかなり違う。墓でも何でもない。適当に穴を掘って死体を埋めてあるだけであった。誰かが冥福を祈ってくれるわけではない。

それでも、

「死体を鬼寺に捨てると鬼が喰《く》ってくれる。鬼に喰われることが供養になる」

と江戸の貧乏人たちはいっていた。

なぜ鬼に喰われると供養になるのか知っている人間はいない。彼らが鬼寺の伝説を本気で信じているのかどうかもわからない。


ちらちらと粉雪が降り出した。

将軍さまの御威光が行き届いている時代であっても、日が暮れれば暗くなるし冬になれば雪も降る。

夜鳴きそば屋が商いに精を出しはじめる立冬のころ、数えで十歳にもならぬ佐助《さすけ》は寒さに震えながら鬼寺の境内に立っていた。鬼寺の無縁塚には佐助ひとりしかいなかった。

佐助の母親は鬼寺に葬《ほうむ》られている。佐助自身が母親の死体を捨てたのだから間違えようがなかった。

佐助は、さっきからずっと鬼寺の隅にある無縁塚に向かって話し続けていた。無縁塚のどこかに埋まっているはずの母親のことを心配しているのであった。

「おっかさん、寒くねえか」

死んでしまった母が寒がるはずもないのに、佐助は同じ言葉を繰り返している。

父も母も佐助を残して死んでしまった。兄弟姉妹もいない。血のつながった身内はひとりもいなかった。

母の死体は鬼寺の無縁塚に埋まっているが、父の死体がどこにあるのか佐助は知らなかった。

「おいらのおとっつあんは、どんな人だったんだろう」

ときどき、そんなことをつぶやいてみる。

佐助は父の顔を知らなかった。なぜ死んでしまったのかも知らない。死人のことなど考えている余裕はなかった。病弱な母とふたりで生きていくだけで精いっぱいだった。死んでしまった人間のことなど思い出している暇はなかった。食う心配をしなくなってから、ようやく父のことを考えることができるようになったのだった。

佐助が奉公しているのは伊勢屋という薬種問屋だった。伊勢屋の若旦那は線が細く病弱だったが、穏やかな性格で小僧の佐助にもやさしい。今日だって、お遣いに託《かこつ》けて、

「おっかさんのところに行っておいで」

と、鬼寺に行くことを許してくれ、小銭まで握らせてくれた。食うことさえ満足にできなかった佐助にしてみれば、

「こんなに幸せでいいのだろうか」

と恐ろしくなるくらい不自由のない暮らしをしている。死ぬまで伊勢屋で奉公していたいと思っていた。

「こんな暮らしができるのも、みんな和尚さまのおかげだ」

いつの間にやら、佐助は和尚のことを考えはじめていた。

店賃《たなちん》が払えず裏長屋を追い出されて鬼寺に流れてきたことが、とんでもない幸運のように思えた。

○

「おいらたちがここにいてもいいの？」

佐助は毎日のように同じことばかり聞いていた。

ここへやってくる前、裏長屋の大家《おおや》は泣いてすがる佐助の母を蹴飛ばして、「出て行け」と罵《ののし》った。貧乏が染みついている佐助の母は、因業《いんごう》大家に逆らうことも怒ることもせずに佐助の手を引いて長屋を後にした。

そんな母の姿が焼きついていた。いつ鬼寺から追い出されるのか、佐助は不安で仕方がなかった。

だから、くどいと知りつつも、和尚に聞いてしまうのだった。

「ここから出て行かなくてもいいの？」

「出て行く必要なんてないよ。――ずっと、ここにいればいい」

痩《や》せこけた和尚はいった。佐助が、「ここにいてもいいの？」と聞くたびに同じことをいう。

それでも佐助は安心できなかった。言葉を続ける。

「おあしがないのに、ここにいてもいいの?」

「構わないよ」

と和尚はにっこりと笑った。それからいたずらを白状する子供のような口調でいった。

「わたしだって、勝手に棲《す》みついているだけだから」

驚いたことに、和尚は僧侶ではないという。

そして、それは本当のことらしい。

和尚はちゃんと剃髪《ていはつ》していて、若いのだか老いているのかわからない顔をしている。

佐助の目には偉い坊さまにしか見えなかった。

「お坊さまじゃないの?」

佐助の問いに、「まさか、まさか」と和尚は苦笑いを浮かべる。それから小さな声でいった。

「山奥で百姓をやっていたんだよ。お坊さまになんてなれるわけがない」

江戸の人間ではないらしい。

そういわれてみれば、和尚の話す言葉には訛《なま》りがあった。佐助は和尚の訛りが嫌いではない。

和尚は話を続ける。

「生まれた村にいられなくなって逃げてきたんだよ」

「はあ」

「佐助と同じだね。この寺の他に行き場所なんてどこにもないんだよ」

「そうなんですか」

佐助は曖昧《あいまい》な返事をした。江戸では人の数だけ事情がある。詮索《せんさく》されたくない事情だってある。

だから、佐助は聞くのをよした。幼くても江戸っ子は江戸っ子だ。聞いてはならぬことくらいわきまえている。そもそも他人の不幸話を聞いても気がふさぐばかりで、よいことなどひとつもない。

しかし、和尚は話をやめようとしない。

「鬼が怖いんだよ」

「え……」

聞き間違えかと思った。

「ずっと鬼が追いかけてくるんだよ。鬼は、きっと、わたしが死んじまうまで許してくれない」

「鬼？　鬼がいるの？」

幼い佐助は鬼に怯える。鬼寺に棲んでいるくせに鬼に怯えているのであった。鬼寺の鬼は生きている人間は喰わない。死体を喰うだけであったが、話に聞く鬼は生身の人間も喰らってしまうという。

佐助の顔は引き攣《つ》っている。

「どこにいるの？　鬼はどこにいるの？」

怯えから、佐助の声は大きくなっていた。じっとりと手のひらに汗をかいていた。

「安心おしよ」

和尚は佐助の頭を撫《な》でてくれた。それから慰めるように付け加えた。

「鬼はどこにでもいる。けんど、佐助に悪さはしねえ」

「本当……。本当に大丈夫なの」

「大丈夫さ。……だって、佐助、おまえは何もしていないもの」

和尚はいった。

○

それから数日後のある日。

佐助はいつものように母の眠っている無縁塚を訪れた。

「和尚さま、いらっしゃいますか」

子供らしい元気な声で和尚のことを呼ぶ。

佐助は和尚のことが好きだった。この日もお店の若旦那にもらった小銭で団子を買ってきた。和尚への土産《みやげ》のつもりだった。江戸で一番旨《うま》いと評判の団子であった。

江戸の団子は大きい。田舎から出てきた者は団子の大きさに目を丸くする。それから団子を口にして、その旨さに驚くのであった。

そんな旨い団子を自分の手柄のように掲げ、佐助は大威張りで和尚のことを呼んでいる。だが、

「和尚さま、佐助です。お土産を持って参りました」

「……………」

返事はない。鬼寺は静まり返っていた。

(出かけたのかもしれない)

佐助はそう思った。

しかし。

人の気配があった。

（誰かが鬼寺にいる）

静まり返っているものの、佐助は人の気配を感じていた。

貧乏暮らしの長かった佐助のこと、おんぼろの家での暮らしに慣れていた。ずっと周囲に気を遣って生きてきた。しかも、周囲にいるのは、貧乏人や盗人《ぬすっと》ばかりだった。佐助がやっともらってきた残飯まで持って行くような連中ばかりだ。人の気配に敏感になるのも無理のない話である。

その気配は無縁塚の方から漂ってきた。和尚が無縁塚にいるような気がした。

「和尚さま、いらっしゃるのですか？」

佐助は団子を持ったまま歩き出す。

不意に太陽が消えた。

不穏な雲が江戸の空を覆った。

暗い。

気分が悪くなるくらい暗かった。

薄暗い中で佐助はそれを見つけた。

和尚が首を吊《つ》っていた。

和尚は、無縁塚の脇に生えている木で首を吊って死んでいた。その死体をひとりの男が見ていた。

「どこまでも鬼が追ってくる……か」

男は放心したようにそんなことをいった。佐助に気づいている様子はなかった。

「和尚さま……」

佐助の口から言葉が洩《も》れる。ぽとりと佐助の手から団子の包みが地面に落ちた。

「誰だ」

鋭い声だった。

しかしやってきたのが佐助だとわかると、

「佐助か」

と柔らかい声になった。

男は佐助の名前を知っていた。佐助も見おぼえがあるような気がする。本所深川の人間なのだと思う。

「あの……団子……」

佐助は和尚の首吊り死体を見て怯えきっていた。どうでもいいことを口走っている。

今さら団子もないものだ。

それでも、男は団子の包みを拾ってくれた。

「和尚さまが……」

佐助の言葉を遮《さえぎ》るように男はいった。

「鬼にやられたんだよ」

「鬼……」

○

ふたりは和尚の死体を無縁塚に葬った。

それから男はどこかに行ってしまった。佐助もお店に帰って、それ以来、二度と男の姿を見なかったという。

その後、佐助が無縁塚を訪れることがあったのかどうかはわからない。

二　お稲荷さま

風鈴の音《ね》が聞こえた。

どこかの軒先に風鈴が吊されているらしい。夏の盛りには涼を届けたであろうその音が、このころにはひどく冷たく感じる。

そんな音に誘われるように、さらりとした風が頬《ほお》を撫でた。

もう秋も近い夏の夜のこと。周吉は稲荷《いなり》神社にやってきていた。たったひとりでやってきたらしく、ぽつんと佇《たたず》んでいる。

祭りやお参りでにぎわうような陽気な神社ではなく、みなに忘れられてしまったような寂れた神社だった。世話をする人間がいないのか、雑草が周吉の背丈ほどにまで伸びている。周吉の他に人影は見えない。

奉公しているお店に近いということもあって、周吉は毎日のように、この寂れた稲荷神社を訪れていた。

江戸《えど》の名物に「伊勢《いせ》屋、稲荷に犬の糞《くそ》」とあるくらい、この近くにはお稲荷さまが多かった。

来世ではなく、現世に利益をもたらしてくれるお稲荷さまがもてはやされていたのであった。今すぐに利を与えてくれる神さまはお稲荷さまだけである。気の短い江戸っ子にぴったりの神さまだった。

江戸じゅうの、どのお稲荷さまを見ても、神さまのつかわしめとしてお狐《きつね》さまの姿がある。油揚げが供えられていることも少なくない。そんなお狐さまを見ながら周吉は、

「狐ってヤツは、どうして、こんなに意地汚いのかねえ」

とつぶやいた。すると、

――おいら、狐じゃないよ。

誰もいないはずなのに、どこからともなく、そんな声が耳に届いた。周吉はその声に小さく肩をすくめた。

そろそろ太陽が沈み、自分の足もとさえも見えない夜がやってくる。すでに周吉の姿も闇《やみ》に溶けてしまい遠くからは見えない。

そんな闇の中に周吉は佇んでいた。

お稲荷さまにお参りしようという素振《そぶ》りもない。お稲荷さまに興味があるふうでもない。

この周吉、明るい道を歩いていれば例外なく女たちが振り返る美形。もう二十の歳をすぎたというのに周吉は少年のような顔をしていた。十五くらいから歳をとることを忘れてしまっている。

「さて……」

周吉は懐《ふところ》から風呂敷《ふろしき》包みを出すと、そっとそれを解いて地面に置いた。香ばしいにおいが神社の暗闇に広がった。

風呂敷包みには油揚げが入っていた。

周吉は油揚げを大切に懐にしまってここまでやってきたのであった。役者のような顔の周吉が、真顔で懐から油揚げを出す姿は、どこか間が抜けている。

油揚げをお稲荷さまにお供えすることは珍しくない。だが、境内の地面の上に、そっと置いたところから考えてもお供え物ではない。様子が違っている。

「誰もいないよね」

周吉はつぶやきながら、きょろきょろと周囲を見回した。他に人間がいればすぐわかるはずなのだが、周囲に目を配ることがくせになってしまっている。

もちろん誰もいやしない。こんな夜に、寂れた稲荷神社にやってくる酔狂な人間などいるはずがなかった。

人の気配どころか犬猫の気配さえもない。草むらの中から、りんりんと虫の音が聞こえるだけだった。

周吉は美形の顔によく似合ったやさしい声で、懐のそれに話しかける。

(オサキ、お食べ)

すると。

周吉の懐から豆粒くらいの大きさの白いものが飛び出した。

白い豆粒は夜の空気を吸って大きくなる。

ぐんぐんと豆粒が膨れ上がる。

そして、地面に着地すると仔《こ》狐ほどの大きさになった。

やがて真っ白な四ツ足の動物がひとけのない闇の中に浮かび上がった。

これがオサキである。

よく人に憑くといわれている動物に〝オサキ〟と呼ばれるものがある。「どんな動物なのか」とこれを見た者に聞いてみると、

「鼠《ねずみ》よりは少し大きく、茶、茶褐《かっしょく》色、黒、白、ブチなどいろいろな毛並みをしており、

耳が人間の耳に似ていて、四角い口をしている」

という。

不思議なことにオサキは糞をしないとされている。オサキは鼠に似た動物で、尾が裂けているからオサキなのだそうだ。

しかし、周吉の目の前で疑わしそうに油揚げを睨《にら》みつけているそれは、どこをどう見ても白狐《びゃっこ》だった。

鼠には見えない。耳にしても人間の耳には似ていないし四角い口もしていない。雪のように白銀色の毛並みをしている。

たしかに尾は裂けているが、その他は狐そっくりな姿をしている。もちろん、ただの狐ではない。魔物である。

――本当に升屋《ますや》さんの油揚げかい？

オサキは疑い深い声を出す。この魔物、人語を操るらしい。しかも舌が肥えているのか食いものにうるさい。

周吉は役者のような細面の顔に苦笑いを浮かべると、相変わらずのやさしい声でオサキに話しかける。

（ああ、ちゃんと升屋さんの一番高い油揚げだよ）

──ふうん。

とオサキは疑わしそうな声で鼻を鳴らすと、ぱくりと油揚げに食いついた。油揚げを一口だけ食って、満足そうに、

──たしかに升屋さんのだよ。

などといっている。生意気な魔物であった。

升屋さんというのは、周吉が勤めている鵙屋《もずや》に出入りしている豆腐屋で、「お江戸で一番旨い」と評判をとっている。

大豆から製法から、何から何まで秘法があるらしい。もちろん他の店の油揚げよりも高値だった。江戸にも貧乏人は多く、今日の食事にも事欠くような人間は多い。ふつうに考えれば、こんな高価な豆腐が売れるはずはない。

それなのに升屋の豆腐は売れに売れている。貧乏人よりも江戸の町に多いのが見栄っぱり。初鰹《はつがつお》に大枚をはたくような連中だ。「お江戸で一番旨い」と聞けば、店賃を踏み倒してでも升屋の豆腐を買ってしまう。

江戸っ子でもないくせにオサキは、この升屋の油揚げがお気に入りで、升屋の油揚げを食べてからというもの他の店の油揚げに見向きもしない。周吉が別の店の油揚げを与えても、そっぽを向いてしまう。

周吉にはそこまでの味の違いがわからない。

（油揚げなんぞ、どれでも同じだろ？）

周吉がそういうと、オサキときたら、「これだから田舎者は」といいたげな顔になって、

――味が違いすぎるんだよ。升屋さんの油揚げじゃないと、油揚げを食べた気がしないのさ。

と生意気なことを抜かす始末であった。

（わたしだって、ただのお店者《たなもの》なんだから、いつもいつも升屋さんの油揚げなんぞ、買ってやれないよ）

すっかり舌が肥えてしまった魔物に釘《くぎ》を刺す。事実、周吉のもらう給金は少ない。お小遣い程度であった。

しかし魔物は魔物。

人間の嫌味など堪《こた》えるはずもない。油揚げを食い終わると、わざとらしくぺろりと舌で口のまわりを舐《な》め回し、こんなことをいい出す。

――お琴《こと》と一緒になっちまえばいいじゃないか。そうすりゃあ、周吉も若旦那《わかだんな》だよ。鵙屋の若旦那。升屋の油揚げくらい、いくらでも買えるさ。

オサキはケケケと笑いながら周吉のことをからかう。

周吉は言葉に詰まってしまう。よく見れば、照れているのか赤くなっている。高い油揚げを食われたあげくに、からかわれて赤面しているのだから世話はない。

（……）

だが幼いころから周吉と一緒に暮らし、それこそ周吉の何もかもを知っているオサキに敵《かな》うはずがない。

知っていて、からかうのだ。性悪である。

業腹《ごうはら》ではあったが、周吉は話を逸《そ》らしてその場を誤魔化そうとした。温厚な番頭さんのことを悪者にして、

（そろそろお店に帰らないと、吉兵衛《きちべえ》さんが鬼になっちまうよ。夜回りに行かなきゃならないし）

——へえ。

オサキは目をぐるぐる回している。何かに感心したときの癖だった。水銀色の目玉が颱風《たいふう》の日の風車のように、ぐるぐると回転する。……やはりこの世のものではない。こんな狐はどこにもいない。

——人間が鬼になるんだって？　そいつぁ、すげえや。

オサキはいった。周吉の口から出た出任せに、本気で感心している。これだけ長く人間と一緒に暮らしていても、しょせんオサキは魔物。人間とは何かが違う。どこかずれていた。

――じゃあ、とっとと帰るとするか。

鬼が怖いのか、周吉をからかうのに飽きたのか、油揚げを食って満腹になって眠気がさしたのか。オサキはそれ以上軽口を叩《たた》くことなく、元の豆粒くらいの大きさに縮んだ。自分で歩いて帰るつもりはないようだ。

周吉は、その豆粒を懐に大切そうにしまい込むと、すうと夜に溶けた。……稲荷神社には虫の音だけが残った。

○

周吉の奉公している鵙屋は、本所深川にあった。「本所の朱引き通り」と呼ばれているところに店を構えている。

「朱引き通り」と呼んでいるのは、本所深川の連中ばかりで、他所《よそ》の連中に「朱引き通り」なんていってもわからないだろう。実際、今となっては本所深川のどこに、その朱引き通りがあったのか判然としない。地図にも残っていない。それどころか、当時ですら、どうして「朱引き通り」と呼ばれているのかを誰も知らなかった。

鵙屋は、その朱引き通りで献残屋《けんざんや》を営んでいた。明和の大火のあった一七七二年ごろまでは古道具屋のような商いをしていた。〝献残屋〟の看板を掲げたのは、今の主である鵙屋安左衛門《やすざえもん》の代になってからのことであった。

「献残屋の看板を作りましょう」

そういい出したのは番頭の吉兵衛《きちべえ》だったという。

堅い商売をしていると評判の鵙屋であったが、それほど大きくない。奉公人の数だって、周吉や下女を入れても十人ちょいとしかいなかった。

そして、どんな商売でもそうなのかもしれないが、献残屋は忙しいときと暇《ひま》なときとの波が激しい商売だった。その暇なときに、主の安左衛門や番頭の吉兵衛は周吉を相手に無駄話をする。

「別に何屋だっていいんだよ」

これは安左衛門の口癖だった。鵙屋の店構えを見ると、まるっきり古道具屋であった。そこに、ちょこんと〝献残屋〟という看板が見えているだけだった。

いい加減なように聞こえるが、江戸の商人はカタチや看板にこだわらない。実入りをよくするために看板をかえることなど、たいしたことではなかった。

献残屋というのは江戸でしか成り立たない商売といわれている。武家の都市である江戸は贈答品の町でもあった。献上品から寒中見舞いや火事見舞いなど、数え上げればきりがない。しかしおあしにはきりがある。出費ばかりで、いらないものを抱え込むことになる。

そこで、その贈答品を引き取ったり売ったりする商売が登場するわけであった。お江戸らしい商いといえないこともない。

江戸にしかない商売だけあって、地方から江戸にやってきた大名やお侍《さむらい》さんは、献残屋そのものの存在を知らないことが多い。知っていても、大仰な店構えだと入りにくいと気後れする。そういう武家相手に、鵙屋は評判がよかった。気取らない安左衛門と吉兵衛の人柄のおかげなのかもしれない。

体面を気にしてこっそりと質屋の世話になるように、人知れず贈答品や献上品の売り買いをしたがるお侍さんたちが、朱引き通りの鵙屋に列をなしていた。

鵙屋の客はお侍さんだけではない。相変わらず鵙屋を古道具屋だと思っている、本所深川の町人たちも気軽に顔を出す。中には、それこそ質屋と勘違いをしているのか、鍋釜《なべかま》を持ってきて金を貸して欲しいといい出す者もいる。

鴫屋はお侍さんだろうと町人だろうと受け入れる店であった。

ある日、吉兵衛がこんなことをいい出した。

「だって、お侍さんも古道具屋じゃあ、きまりが悪いでしょ」

体面を気にするのが二本差し。お侍さんたちは町人のように中身重視ではない。いくら困っていようと、看板が〝古道具屋〟では店に入りにくい。一方、町人たちは、看板なんぞ気にもしない。だから、ここはお侍さんが入りやすいようにしましょう。

そんなことを吉兵衛はいったのだった。

安左衛門は、「おまえがそういうなら、そうしようかねえ」と気楽に看板を作らせた。

「何屋だっていいんだよ」

安左衛門は古道具屋だろうと献残屋だろうと気にしていない。食っていくことができれば看板などにこだわりはないのであろう。このあたりは、老舗《しにせ》の大店《おおだな》と違って気楽なものであった。誰に遠慮する必要もない。

屋根看板に〝献残屋〟の文字を入れただけのことであった。

そんな安左衛門に、口の悪い本所深川の連中はいう。

「こんないい加減な献残屋があるもんか」

だが、本所深川の連中だって鵙屋以外の献残屋を知っているわけではない。ただいっているだけであった。

献残屋にしても古道具屋にしてもピンからキリまである。例えば、古道具屋の場合、道具市で稼ぐものもあれば、道具市なんぞ行ったことさえないという商人もいる。しかも献残屋は、贈答品を購《あがな》えないような金のない武家相手の商い。まさか、「大名のなんとかさまに、ご贔屓《ひいき》いただいております」とはいえない。「献残屋でございます」と大声で宣伝するような商売ではない。

古道具屋にしてもそうだが、特に献残屋はものを安く買って高く売ることによって利を出す商売。いってみれば、それほどの元手はいらない。それなのに献残屋が少ないのには理由があった。

——面倒くさい商売だねえ。

オサキのいうとおりであった。

武家相手の商売は、ひどく面倒くさい。武家なんて威張ったもので、これを相手に商売するのは骨が折れる。掛け軸ひとつ買うにしても、

「その掛け軸を屋敷へ持って参れ」

などと気軽に呼びつける。売りものがあるときでも、一緒である。だから、鵙屋の

奉公人たちは一年じゅう飛び回っていた。

面倒なのはそれだけではない。お侍さんは気の短い人が多く、ちょいと気に入らないことがあると、「無礼なやつ」と刀をちらつかせる。

献残屋なんて商売は、肝のすわった者にしかできやしない。肝がすわっているといえば、そもそも古道具屋には、かわったものを持ち込む連中が多かった。夜中にしゃべり出す掛け軸や、まばたきをする干魚などが持ち込まれたりもする。これは、鵙屋だけの話ではなく、このころの古道具屋には珍しいことではなかったという。そして、献残屋の看板を出すようになっても、おかしなものが持ち込まれるのは相変わらずであった。

――お江戸には化け物が多いんだねえ。

自分だって似たり寄ったりの魔物のくせに、オサキが感心している。

だいたい鵙屋のある朱引き通りは上品な場所ではない。江戸のなかごろまで、本所深川は朱引きの外側にあって、もともとは江戸でさえなかった。朱引きの内側の江戸市民が出す塵芥《ちりあくた》を埋め立て、できあがった作りものの土地である。

そのため風紀も悪く流れ者も少なくなかった。休むことなく物騒な連中がうろうろとしていた。

そんな物騒な連中のせいで、周吉は夜回りへ行くはめになったのであった。

三　槍突き

昔から、髪切り顔切りのたぐいはあれど、このころの本所深川のはやりは槍突《やりつ》きであった。暗闇から槍を持った男が飛び出してきて、いきなり通行人を突き殺すのだから剣呑《けんのん》な話であった。

——槍で突き殺して何が面白いのさあ。槍で突けば死ぬのは、当たり前じゃないか。ケケケッ。

懐で、オサキがいった。周吉もいう。

（わたしだってわからないよ）

普段の周吉は、オサキに語りかけるとき〝ツキモノ語り〟と呼ばれるオサキモチ特有の言葉を使っている。オサキに憑かれていない人間には聞こえない、オサキだけに聞こえるしゃべり方であった。誰に教えてもらったわけではないけれど、いつの間にか使えるようになっていた。

ただ、オサキがいうには、自分の姿を人間に見せたり、オサキモチではないふつうの人間相手にしゃべるくらいのことは、

——簡単にできるんだけどねえ。

ということらしい。周吉がどんな声でしゃべろうとも、オサキがその気であれば聞き取れるようであった。

そうはいっても、しょせんは魔物のいうこと。どこまで本当のことなのか、わからない。オサキに聞き返しても、

——おいら、知らないよ。

と適当な返事が戻ってくるだけであった。

それはそれとして、真面目に夜回りをしている周吉に、

——面倒くさいねえ、夜は寝るもんだよ。

オサキは文句をいっている。

周吉はオサキを懐に夜回りをしていた。本所深川という土地柄なのか、この土地の連中はお上を頼らない。何でも自分たちで始末をつけようとする。槍突きが出たと聞けば夜回りをはじめるのであった。その夜回りのお役目が、鵙屋の手代《てだい》である周吉に

も回ってきたというわけである。

——面倒くさいよ、周吉。

オサキは文句をいっているが、周吉は夜の町を歩くことが嫌いではない。だから、この日も懐にオサキを入れて軽口を叩きながら歩いていた。

雲の多い夜で、すぐに月が隠れてしまう。

その上、いくら歩いても夜は夜で槍突きどころか野犬の姿も見えない。

いくら歩くことが好きとはいえ、何も見えない夜歩き。飽きてしまうのも早い。月が雲に隠れた夜闇《よやみ》の中でオサキが欠伸《あくび》をした。

——もう帰って寝ようよ、周吉。

オサキの言葉にうなずきかけた刹那《せつな》、暗闇から——

鈍《にぶ》い銀色の刃穂が飛び出してきた。

ふつうの人間であれば横っ腹にずぶり。いっかんの終わりであろうが、周吉はオサキモチ。尋常の人間ではない。

銀色の刃をひらりと躱《かわ》すと、懐からオサキを出した。

——やっと槍突きが出たね、周吉。ケケケ。

退屈しきっていたオサキが喜んでいる。人殺しに襲われて喜んでいるのだから、やはり魔物である。

オサキの言葉に誘われるように月が顔を出した。その青白い光に槍突きの姿が浮かび上がった。それを見て、

「え……」

思わず声を上げてしまった。

槍突きはひとりではなかった。薄汚れた男どもが九人十人と群れをなしている。槍を持っている者もいれば刀を持っている者もいる。

(ひとりじゃなかったのかね)

聞いていた話と違う。そもそも、こんな多人数の辻斬《つじぎ》り槍突きなど話に聞いたこともない。

——周吉、いっぱいいるねえ。

オサキはのんびりとした口調で、ケケケケと笑っている。暇潰しになると喜んでいるようであった。

——周吉、朋輩《ともだち》かい。

そんなわけはない。

周吉は、ただの商人。辻斬り槍突きのたぐいに知り合いはいない。

それにしても、どうも話に聞いている槍突きとは別口のように思えた。ただの辻斬り槍突きのたぐいとは思えなかった。

ぼんやりとそんなことを考えていると、槍突きは槍をしごき、

「恨みはないが、死んでもらう」

というと、周吉の横っ腹目がけて槍を突き出した。突き殺すつもりであったろう。

が、そのとき……。

しゃりんと夜闇が裂ける音が聞こえた。

それから、いっしゅん遅れて、ひぃいっと悲鳴が上がった。

悲鳴を上げたのは周吉ではない。もちろんオサキでもない。

周吉を突き殺そうとした槍突きが悲鳴を上げたのであった。その悲鳴を追いかけるように、ぽとりと槍突きの腕が落ちた。

槍突きのすぐ近くに誰かが立っていた。そこには――

「手代さん、こんな夜中に散歩かね」

蜘蛛《くも》ノ介《のすけ》が立っていた。

○

日本橋《にほんばし》の近くに旨い団子屋があった。その団子屋は江戸でも評判の店で、川越《かわごえ》あたりの大名までが贔屓にしていた。

大名が贔屓にしていようといまいと団子は団子。そういったかどうかは知らぬが、生粋の江戸っ子である団子屋の主人は驕《おご》ることなく、安い値段で団子を売り続けていた。旨い上に安価。繁盛しない方がどうかしている。

その団子屋は険しい坂をひとつ越えたところに店を構えていた。大人でも息を切らせるほどの坂道であった。どこをどう見ても、団子屋が繁盛するような場所ではない。団子を買うために険しい坂を登り、また下らなければならないのだ。

しかし、団子好きの江戸っ子のこと。坂など苦にもせず団子屋に通ってくる。旨い団子は癖になるらしく、毎日のように通う酔狂な人間もいた。

周吉もそのうちのひとりであった。周吉は奉公人なので毎日通うことはできない。それでも懐具合と暇さえ許せば、この団子屋にやってくるのだった。ときには甘い物好きの鵙屋のおかみさんが、「周吉や。申し訳ないけど団子を買ってきておくれ」と頼むこともあった。

とにかく周吉は常連であった。

そして、この蜘蛛ノ介も常連であった。

動物の名前を子供につけるのは、その精霊の力を借りて丈夫な子供が育つようにという親心である。

熊《くま》さんだとか寅《とら》さんだとかいう名前の珍しくなかったこの時代のこととはいえ、〝蜘蛛〟は珍しい。

いくらなんでも、あのおぞましい蜘蛛の力を借りようという酔狂な親は珍しいであろう。だからあるとき、

「蜘蛛ノ介さんってのは本当の名前ですかい？」

と、周吉は聞いてみた。

そのとき、周吉は蜘蛛ノ介とふたりで、坂の途中の石に座って団子を食っていた。

ちなみに、この坂は〝隠れ坂〟と呼ばれていた。なぜそう呼ばれているのか、名の由来は知らぬが、周吉は〝隠れ坂の団子屋〟と呼んでいた。

その隠れ坂。珍しく他に人影がない。坂の途中で団子を食っているのは、周吉と蜘蛛ノ介だけであった。

「本当も何もあったもんじゃねえですよ」

六十はすぎているようにしか見えぬ老人――蜘蛛ノ介は伝法《でんぽう》な口調でいった。しか

しこの返事では、〝蜘蛛ノ介〟というのが本当の名前なのかわからない。

――周吉、おいらにもお団子をおくれよ。

食い意地のはっているオサキはうるさい。周吉の食っている団子まで食おうというのだ。

(うるさいねえ。食べたばかりだろう。今、この人としゃべっているんだよ)

――ふん。

懐でオサキがむくれている。

(あげないとはいってないだろ。後であげるから、ちょいとお待ちよ)

――後でって、いつくれるのさ。

(いいから、ちょいと静かにしておくれよ。本当にうるさいオサキだねえ)

――ふん。

とうとうオサキは怒り出してしまった。魔物のくせに、わがままに育っているのであった。

(わかった、わかったよ。後であげるから今は黙っておくれ)

オサキを宥《なだ》めていると、いきなり蜘蛛ノ介の声が周吉の耳に届いた。

「柳生《やぎゅう》蜘蛛ノ介」

「え」

オサキとやり合うのに夢中になって、何の話をしていたのか忘れてしまったのだった。周吉はオサキのことを意識の外に締め出して、改めて蜘蛛ノ介の顔をまじまじと見つめた。

蜘蛛ノ介は、真っ白な髪の毛をばらりと伸ばしている。蜘蛛ノ介の名前のとおり手足が蜘蛛のように長い。周吉も背丈の低い方ではないのに、蜘蛛ノ介と並ぶと大人と子供に見える。

「名前だよ。……柳生の里じゃあ、そういうことになっているな」

そんなことをいいながら、蜘蛛ノ介は団子を頬張る。老人とは思えぬ食欲だった。さっきから、十《とお》は団子を食っている。

よく食う老人である。

「それじゃあ、剣術遣いですか？」

周吉はあこがれるような目で蜘蛛ノ介を見た。

〝柳生〟といわれて〝剣術遣い〟を思い浮かべない江戸の人間はいない。

「そういうことになるのかねえ」

素っ気ない口調でそんなことをいうと、蜘蛛ノ介は、また、団子を食った。剣術の達人かどうかはわからないが、団子食いの達人であることだけはたしからしい。旨そうに団子を食っている。

そんな蜘蛛ノ介を見て、オサキがしゃべり出す。

——周吉、おいらも剣術をやろうかな。

オサキにしては真面目な声であった。

(なぜだい?)

剣術《やっとう》どころか木刀さえも握ったことのない周吉は首を傾《かし》げる。

——だって、お団子をもらえるんだろ。

オサキは完全に勘違いしている。

(あのねえ……)

面倒になった周吉は、こっそりと懐へ団子を入れた。オサキに食べさせるためである。

——周吉、ありがとう。

そういうと、ようやくオサキは静かになった。

小さくため息をつくと、周吉は蜘蛛ノ介にいった。

「それじゃあ、さぞお強いんでしょうねえ」

周吉の口調にはあこがれが含まれているものの、やはりどうしても疑い深くなってしまう。

周吉が疑い深いわけではない。この時代、巷《ちまた》には食い詰めた浪人が溢《あふ》れていて、自称・他称を問わず剣術の達人がいくらでもいた。『石を投げればお免状』という言葉があるくらい、剣術の免許皆伝を名乗る剣士は多い。そして、〝剣術の達人〟は、強請《ゆすり》のような真似をして糊口《ここう》をしのいでいた。お店に顔を出しては用心棒の押し売りをするのだ。剣術の達人を名乗るくらいだから、みな厳《いか》つい。その上、食い詰めているので控え目にいって汚い。……そんな男どもにお店のまわりをウロウロされてはたまったものではない。売れるものも売れなくなってしまう。だから、たいがいのお店では〝剣術の達人〟がやってくると、いくばくかの小銭を渡してお引き取り願うのであった。

鵙屋にもそんな〝剣術の達人〟たちが、毎日のようにやってきては小銭をせしめていく。

周吉が疑ってしまうのも、これはこれで仕方のないことであった。そんな周吉の気持ちが伝わったのか、

「ふむ」

と、蜘蛛ノ介は懐に手を入れると、目にも止まらぬ速さで小刀のような刃物を抜き出し、ぎらりぎらりと銀色の疾風を光らせながら宙を斬った。

すとんと音がして、刃物が懐に消える。

「えッ、あの……、蜘蛛ノ介さん、いったい」

人間離れした周吉の目にも、蜘蛛ノ介が何をやったのかわからない。戸惑っている周吉には目もくれず、

「このお店の団子は粋《いき》だねえ」

蜘蛛ノ介は、すでに、いくつめか勘定するのも面倒なくらい団子を食っている。いくら評判のいい団子でも食いすぎである。

（いったい、何なのだろう）

蜘蛛ノ介に釣られるようにして、周吉も持ったままになっていた団子の串を持ち上げようとしたとき――。

ぽとり。ぽとり。ぽとり。

串に刺さっているはずの団子が地面に落ちた。団子と団子の境目の串が、すっぱりと綺麗《きれい》に斬られている。

「うわっ」

思わず声を上げる周吉であった。オサキモチのくせに意外と肝っ玉が小さい。

「もう歳かねえ。自分の腕を他人《ひと》に見せたくなるなんぞ」

つるかめつるかめ、と蜘蛛ノ介は戯《おど》けてみせる。

信じられぬ早業である。

蜘蛛ノ介は本物の剣術の達人であった。柳生新陰《しんかげ》流の遣い手というのも、あながち嘘《うそ》ではないように見える。

蜘蛛ノ介が柳生の血を引くというわけではあるまい。しかし柳生の姓を許された(少なくとも蜘蛛ノ介は〝柳生〟蜘蛛ノ介と名乗っている)ということは、柳生新陰流の達人であることを物語っている。

柳生では免状をさずけられた者だけが柳生姓を名乗ってもよいことになっていると、聞いたことがある。

(江戸は広いんだなあ)

周吉は素直に感心しているのであった。

○

場面は戻って闇の中。

なぜ、ここにいるのかと聞いてみれば、隠れ坂の団子屋で周吉が「夜回りをする」と話したことをおぼえていて、この蜘蛛ノ介、わざわざ暇潰しに本所深川までやってきたのであった。やってきただけではなく、暇潰しに槍突きの腕を斬り落としたというのだから困ったじいさんもいたものである。

――ひどいじいさんだねえ、いきなり腕を斬っちまったよ、ケケケ。

オサキは大笑いをしている。

そのオサキの声が聞こえたわけではあるまいが、蜘蛛ノ介はいいわけするようにいった。

「心配しなさんな、峰打《みね》ちだ」

意味がわからない。

おずおずと周吉は声をかけた。

「あの……、蜘蛛ノ介さん」

「何だね、手代さん」

「腕、斬り落としていますけど……。お江戸では、腕を斬り落とすことを『峰打ち』というのでしょうか」

　すると、蜘蛛ノ介、声を出して笑い、

「洒落《しゃれ》でさあ、洒落」

　といい出す始末であった。

　――お江戸の洒落は怖いね、周吉。

　さすがのオサキも呆《あき》れている。

　見たこともないじいさんがいきなり現れ、仲間の腕を斬り落としたのである。辻斬り槍突きどもは、呆気《あっけ》にとられて棒立ちになっていた。

　蜘蛛ノ介は、棒立ちになっている辻斬り槍突きどもを一瞥《いちべつ》し、からかうようにいった。

「もうおしまいかね」

　辻斬り槍突きどもは我に返ると、無言のままで蜘蛛ノ介をぐるりと囲い込んだ。それを見て蜘蛛ノ介の顔が引き締まる。

「おめえら、ただの鼠じゃねえな」

　蜘蛛ノ介はいった。

　一方の辻斬り槍突きどもは、蜘蛛ノ介に殺到する。ちゃきんちゃきん、と夜闇に刃物のぶつかり合う音が響いた。

さすがの蜘蛛ノ介も多勢に無勢。あっという間に、手にしていた刀を飛ばされてしまう。

「蜘蛛ノ介さんッ」

周吉の叫び声を裂くように、辻斬り槍突きどもの中でも、すばしっこい男が刀で斬りかかる。

蜘蛛ノ介は身を丸め低く構えている。すばしっこい男が蜘蛛ノ介の真向かいへ打ち込んだ刹那、

「え……」

なぜか斬りつけた方が斬られている。

いつの間にやら、男の刀を蜘蛛ノ介が持っていた。しかも、目にも止まらぬ早業で刀を奪うと同時に男を斬り捨てたらしい。

血飛沫《ちしぶき》を上げて、すばしっこい男が崩れ落ちた。

「柳生新陰流、無刀取り」

蜘蛛ノ介は夜闇につぶやく。

大昔、柳生石舟斎《せきしゅうさい》が徳川家康《とくがわいえやす》を相手に見せたという柳生新陰流の秘術であった。相手の太刀を奪い取ってしまう妙技であり、真剣白刃取りと並んで有名であった。

——周吉、本物だよ。あのじいさん、すごいねえ。

オサキが感心している。魔物に感心されるじいさんもあまりいない。

蜘蛛ノ介の無刀取りに、いっしゅん怯《ひる》んだものの、辻斬り槍突きどもはまだ八人も残っている。

悪党ども、目で合図を交わすと八方から蜘蛛ノ介を囲み斬りかかってきた。尋常の人間であれば、膾《なます》に斬られていっかんの終わりになるところである。

しかし。

蜘蛛ノ介は八方に身を転じ疾風のように刀を奔《はし》らせた。しゃりんしゃりんと夜闇を斬り裂く音が周吉の耳にも届いた。

「柳生新陰流、八方転身」

再び、蜘蛛ノ介の声が聞こえた。

蜘蛛ノ介の声に重なるように地面から呻《うめ》き声も聞こえてきた。蜘蛛ノ介に斬られた男どもの呻き声だ。この様子を見て、

——いっぱい血が出ているよ。

講談か芝居のつもりなのかオサキが蜘蛛ノ介を見て喜んでいる。八人のうち五人が斬り殺され、残りの三人も傷を負っているようであった。

敵わぬと見るや、残った辻斬り槍突きどもは、

「こんな化け物の相手なんてしてられねぇッ」

そう悲鳴を上げると、ひぇえとばかりに逃げ出してしまった。蜘蛛ノ介相手に斬り合う愚かさを悟ったようであった。

しかし蜘蛛ノ介は許さない。老人とは思えない動きで三人に追いついた。

「ちょいと待ちなよ」

「何だってんだよッ」

辻斬り槍突きどもは怯えきっていた。よせばいいのに、怯えきっているままに、刀や槍で蜘蛛ノ介に斬りかかる。

夜闇に蜘蛛ノ介の刀が奔る。いくつかの血煙が上がった。

勝負は、いっしゅんで終わったようであった。

――おっかないじいさんだねえ。

十人の辻斬り槍突き全員の死体が横たわっている。それを蜘蛛ノ介、軽々と持ち上げると、ぽちゃんぽちゃんと川に放り込んでしまった。

「よし、これでいい。うむ」

勝手にひとり了簡《りょうけん》している。

十人もの辻斬り槍突きどもを斬り殺したというのに、蜘蛛ノ介は平然としている。息ひとつ乱れていない。しかも、蜘蛛ノ介、懐から隠れ坂の団子を取り出して食いはじめた。人を殺したばかりの老人には見えない。そして、

「物騒な世の中だねえ。こんな真っ正直な手代さんが恨まれるなんて」

と、蜘蛛ノ介はいった。もちろん、周吉には恨まれるような心当たりはなかった。だから素直に聞いてみた。

「えッ、わたしは恨まれていたんでしょうか？」

「あれまあ、違ったのかね。じゃあ、あいつらはただの槍突きかねえ。そいつは悪いことをしちまった」

ただの辻斬りや槍突きであれば、見逃してやるつもりでいたらしい。たしかに、逃げるあいつらを追いかけて、斬り殺して川に投げ込んだのはやりすぎであった。辻斬り槍突きだって、ここまでひどいことはしない。

下手に生かしておいてどこぞの岡っ引きにでも届けられては面倒なので、さっぱりと殺してしまった方が、後くされがない。

しかし、ここまであっさりと斬り殺してしまうじいさんもなかなかいない。人を斬ることに慣れているのかもしれぬ。

「まあいいか、斬っちまったものはしょうがあるめえ」

蜘蛛ノ介の言葉を聞いて、オサキがしみじみとした口調でいった。

——お江戸は怖いところだねえ、周吉。

四　泣かされたお琴

「周吉さん、どこに行っていらしたの？」

店じまいをした鴫屋の店の前に、気の強そうな女――お琴が立っていた。いつものように稲荷神社でオサキに油揚げを食わせてお店に戻ったとたん、お琴に見つかってしまったのであった。

二日前の晩に槍突きに襲われて、そのことを気に病んでいた周吉であったが、お琴の顔を見たとたん、槍突きのことなど吹き飛んでしまった。

本所深川の人間がいかに怯えようと、オサキモチである周吉が槍突きごときに怯えるわけもない。

他に気になることがあれば忘れてしまう程度の出来事であった。

オサキも、

――お琴の方が、ずっと怖いからねえ。

そんなことをいっている。

槍突きなんぞに興味がないのか、何かを知っているのか。オサキは鵙屋へ帰る道すがら、何を聞いてもまともに返事をしなかった。

真顔でこんなことをいうだけだった。

――周吉だって、わかっているんだろ。

そうこうしているうちに、鵙屋に到着してお琴に小言をいわれる始末。

「周吉さん、どこに行っていらしたの」

このお琴は鵙屋のひとり娘で、十七の歳。勝ち気な顔をしている。ひっきりなしに、縁談がやってくるくらいの器量よしだった。

そんなお琴が怒ったような顔をして、女だてらの仁王立ちで周吉のことを出迎えたのだった。

この時代の江戸の商人の娘は勝ち気なことが多く――もちろんこれは多分に周吉の偏見かもしれないが――お琴のような気性の娘も珍しくない。

ちなみに、なぜか、お琴は奉公人である周吉のことを「周吉さん」と呼ぶ。他の奉公人のことは呼び捨てにするくせに。

――周吉さん、どこに行っていらしたの。

ケケケケ、とオサキがさっそくお琴の口真似《まね》をして周吉をからかう。

からかわれるまでもなく周吉はこのお琴に頭が上がらない。嫌いというわけではないが、お琴の前に出るといつもの自分でいられないのだ。このときも、

「へえ。ちょいとそこまで」

役者のような男前が台無しになってしまうくらい、卑屈に頭を下げる周吉。やり手の手代として鵙屋を引っ張っている男には見えない。しっかり者の姉に叱《しか》られている、だらしのない弟のようであった。それにしても、

（どうして、このお嬢さんには見つかっちまうんだろうな）

周吉には不思議で仕方がない。

たしかに、周吉はオサキのように魔物ではない。しかし、周吉は尋常の人間ではない。オサキモチであった。生まれつき不思議な力をいろいろと持っていた。その不思議な力を使うたびに、

――周吉は、おっかないもんね。

と、オサキに真顔でいわれたりする。

だから、お琴のような苦労知らずのお嬢さんに見つからずに稲荷神社まで行って帰ってくることなど、朝飯前のはずだった。

それなのに、いつだってお琴に見つかってしまう。「周吉さん、どこに行っていらしたの」と叱られてしまうのであった。

毎日のようにお琴に叱られているような気がする。他の男の奉公人を叱っている姿を見たことがないので、お琴は周吉ばかりを叱っているようだ。

（なぜ、わたしばかりが叱られるのかね）

周吉は首を傾げる。そんな周吉を見てオサキが懐で呆れていた。

——本当にわからないのかい。周吉は鈍いねえ。

（おまえはわかるのかい。だったら、教えておくれよ）

ケケケ、とオサキは笑うだけで何も教えてくれない。

——嫌なこった。

鵙屋では、鐘が六つ鳴って店じまいをした後の時間は、好きに使ってよいことになっていた。散歩をしようと夏祭りに出かけようと早寝をしようと文句をいわれる筋合いは何もない。その証拠に、お店の奉公人たちは夏祭りを見に行ったのか気配がない。

「お嬢さんは、夏祭りに行かないんですか？」

そういったとたん、懐のオサキが、

──野暮だねえ、この若旦那は。

ケケケ、と笑っている。オサキにここまで笑われるオサキモチも珍しい。

──そんなことというから、怒らしちまうんだよ。

周吉にしかわからない言葉で、そんなことをいっている。

そういわれても周吉にはわからない。祭りに行かないのか聞くこととお琴が怒り出すことの関係がわからないのであった。

(怒らせるって。どうしてさ)

──この若旦那はどうしようもないねえ。

しみじみとした口調でいわれた。

ちなみに、オサキは周吉のことを馬鹿《ばか》にするときには、必ず「若旦那」と呼ぶ。今にはじまったことではないが、周吉は毎日のようにオサキにからかわれている。

実際、周吉ときたら役者のような二枚目のくせに、野暮が目と鼻をつけて歩いているような若者なのだ。からかわれても仕方がない。

よせばいいのに周吉はお琴を相手に祭りの話を続ける。

「わたしも、これから、ちょいと見に行こうかと思っています」

「まあ」とお琴が声を上げた。

オサキのいうことに間違いはなく、お琴は怒ってしまったらしい。目を真っ赤にして周吉のことを睨んでいる。周吉は、魔物より何より、このお琴の怒り顔が恐ろしい。

周吉はしどろもどろになる。

「いや、わたしは、そんなつもりじゃあ……」

そんなつもりも何も、お琴がどうして怒っているのか周吉にはわからない。いいわけしたくとも何をいっていいのかわからない。周吉の言葉を聞いて、お琴は、

「周吉さんったら、あんまりだわ」

わっと泣き出してしまった。

「いや、本当にそんなつもりではなかったんです」

周吉のいいわけに耳を貸そうともせず、お琴は着物の袖《そで》で目頭を押さえている。

怒らせてしまうより始末に悪い。怒らせるどころか泣かせてしまっている。

――泣かせちまったねぇ。これは周吉の了見違いだねえ。

オサキが真面目な声で周吉を責める。責められてもどうしたらいいのか周吉にはわからない。

「泣かないでくださいよ」

と不器用な言葉をかけるくらいしかできなかった。

「だって、周吉さんが……」

お琴は泣きやまない。

お店の前で、奉公人が鵙屋の大切なひとり娘を泣かせて放っておくわけにもいかず、周吉は困り果ててオサキに助けを求める。

（どうすればいいんだい？　どうしたら、お嬢さんは泣きやんでくださるんだい？　教えておくれよ）

まるで子供のようにオサキに縋《すが》る周吉であった。いい歳をした男が女の子に泣かれて、オサキにすがるのだから情けない話だ。

――本当にこの若旦那は野暮天だねえ。

とオサキは呆れながらも教えてくれた。何だかんだといっても、周吉には甘い魔物であった。

――これから一緒にお祭りに行きましょう、っていうんだよ。わかったかい、若旦那。

呑み込みの悪い小僧に仕事を教えるような口調でオサキはいった。

（お嬢さんは、お祭りなんてお好きじゃないだろう）

周吉はお琴が「お祭りなんてつまらない」といっていた姿を思い出す。周吉自身に

しても、槍突きの件もありお祭りに行くような気分ではなかった。それでも、

——いいから。さっさといってみろ。これでお琴の機嫌が直らなかったら、升屋の油揚げはもう食わないからさ。安い油揚げで我慢するよ。

なぜかオサキは威張っている。

（へえ……）

自信たっぷりのオサキの言葉を怪訝《けげん》に思いながらも、泣かれたままでは困るので周吉はオサキに教えられたとおりの言葉を口に出す。

「お嬢さん、一緒に、お祭りでも見に行きませんか」

棒読みであった。

「え……」

お琴は、ただでさえ大きな目をさらに大きくして周吉のことを見ている。見つめられた周吉は思わず目を逸らしてしまった。なんだか背中がこそばゆい。

「これから周吉さんと一緒にお祭りに行けるの？」

「やっぱり、嫌ですか」

あんな子供っぽいものは、といいかけるが、すでに目の前にお琴の姿はなかった。

「あれれ……、お嬢さんは」

周吉はきょとんとしている。

――あっち。

「ん？」

耳を澄ますまでもなく、お琴の声が奥から聞こえた。

「浴衣《ゆかた》はどこだったかしら。あの赤い帯はどこにしまったかしら」

小女《こおんな》のお静《しず》を相手に大騒ぎしている。すでに泣いている声ではない。いきなり無理難題を申しつけられた、お静の方が泣きそうであった。

懐では、ケケケ、とオサキが笑い出した。

腹の立つことに、オサキのいうことに間違いはなかったらしい。これからも周吉の給金は升屋の油揚げに化けることになりそうだ。

○

周吉が江戸に流れてきたのは五年前のことだった。

十歳そこそこで、生まれ育った三瀬村《みせ》にいられなくなった。それから人の棲まぬ山野を彷徨《さまよ》っていた。オサキモチだったがために三瀬村にいられなくなった。しかし、オサキモチだったがために十歳の子供が山の中で生き抜けたのだった。

周吉は今でもおぼえている。闇に支配された山の中で鵙屋の主人に会った日のことを。そう――。

暗い夜だった。

祭り囃子《ばやし》が聞こえたので、たぶん夏祭りのころ。それほど遅い時刻ではないのだろう。いくら江戸名物の夜祭りだといっても、まさか真夜中までやりはしない。

懐にオサキを入れ、飢えたまま周吉は江戸の近くの山の中を彷徨っていた。江戸の町中からほんの少し足を延ばせば、闇の支配する山がある。その中に入れば人はいない。周吉はそんな山の中に棲んでいた。

どこかに行くあてがあったわけではない。

彷徨っていたら、たまたま江戸の近くにきてしまっただけのこと。もとより江戸などにやってくるつもりはなかった。

もう人間のいるところはうんざりだった。

(このまま、山の中で暮らせばいいいさ。オサキもいるし)

そっと懐を撫でる。

着物の乾いた感触の下に、暖かく湿ったものが蠢《うごめ》いている。もちろんオサキである。

周吉はたびたびオサキに話しかける。

しかしオサキは返事をしない。

——……。

生意気なオサキであっても、国元でのことは堪えているのだろうか。返事もしなければぴくりとも動かない。もう三瀬村から出て何年もの月日が流れたというのに、めっきりと減った口数が元に戻る気配はない。

（無理もないか……）

周吉は苦笑いをする。

そして、自分のことを不思議に思う。あんな目にあったのに笑える自分に驚くのだった。

（おとっつあんもおっかさんも殺されたのに、どうして、おいらは笑っていられるのだろうかねえ）

人間のいない山の中で、周吉はそんなことばかり考えていた。そのとき、
不意に——

——月が消えた。

あっという間に深い闇に支配された。

山の中に提灯が立っているはずもなく、月の光が消えてしまえば闇しか残らない。

しかし、このときの闇は深すぎた。一寸先どころか自分の指先さえ見えない。ただの夜闇ではあるまい。

その証拠に周吉の腕にぞくぞくと鳥肌が立つ。何かがすぐ近くにいることを肌が教えてくれたのだ。

それでも周吉は慌てたりはしない。

ただうんざりするだけであった。

周吉は顔を顰《しか》めた。

(また狐か)

野山を何年も彷徨っていると狐にも慣れてしまう。

この時代の山を支配しているのは狐が多く、ときどき狐たちは月を隠して遊ぶのだった。尋常の狐なら何の害もない。ただ月の光がしばらく見えなくなるだけのこと。暗闇の中で、じっとしていればすぎてしまう。

しかし人間に善い人間と悪い人間があるように、狐にも善い狐と悪い狐がある。

野山に迷い込んだ人間を殺《あや》めて遊ぶ狐もいる。

しかも山の中の狐どもは不思議な能力を持つものが多い。尋常でない狐もたくさん棲んでいる。

いわゆる〝妖狐《ようこ》〟である。

長く生きすぎた狐が妖になったものが〝妖狐〟である。

——周吉。

久しぶりにオサキが口をきいた。

オサキも妖狐の気配を感じたのだろう。

——何かがいるよ。

（ただの狐だろ）

狐なら、それほど怯えることはない。騒ぎ立てる必要もない。そんなことを周吉はオサキに伝える。オサキが妖狐を攻撃するのを警戒したのであった。いうまでもなく、これは方便にすぎない。周吉だって、ただの狐だとは思っていない。

——いるのは狐だけじゃないよ。人間がいる。ひとりで山の中を歩いているよ。

（まさか）

こんな夜に山の中を歩く馬鹿がいるわけがない。

——まさかもトサカもないよ。においを嗅《か》いでみればわかる。

オサキはいった。

半信半疑で神経を集中させると、たしかに人間のにおいがした。オサキほどではないが、周吉の嗅覚《きゅうかく》も優れている。人間のにおいは獣の中でも特殊であった。人間の棲んでいない山の中では嗅ぎ分けることができる。

(物騒な話だ)

周吉は苦笑いをする。

いくら江戸に近いからといっても、こんな夜に人影のない山の中を歩くのは危険なことだった。

危険なのは妖狐のような魔物だけではない。

魔物も危ないが、山の中にはもっと危険な山賊や追い剝ぎが棲んでいる。

町中で罪を犯して山の中に隠れ棲む凶状持ちは少なくない。一番恐ろしいのは生きている人間だ。

(そんなに命がいらないのかねえ)

周吉は呆れる。

オサキとふたりで息をひそめて見守っていると、四十がらみの大店の主らしき恰幅《かっぷく》のよい男が、何やら荷を背負って山の中を歩いている。

この男が、お琴の父、安左衛門であった。

後に聞くと、安左衛門は箱根の山を越えて商談をまとめた帰りだったという。武家相手の商売だけあって呼び出されることも少なくない。安左衛門は商人らしく、利になりそうなものであれば、江戸から足を延ばすことも厭《いと》わなかった。

このとき、お供をしていた番頭の吉兵衛が箱根あたりで腹痛を起こしてしまったとのことであった。

「先に行ってくだされ」と吉兵衛にいわれて、安左衛門は剛胆にも夜の山道のひとり歩きをしているのだった。吉兵衛も吉兵衛なら安左衛門も安左衛門である。

（お江戸の人間は無鉄砲なのかね）

夜の山では、その無鉄砲さが命取りになってしまう。

実際、狐たちが安左衛門を取り囲むように集まりはじめていた。ただの商人にすぎない安左衛門は気づきもしない。

——喰らうつもりだよ、周吉。

オサキはいう。外見も狐に近いオサキのことなので、狐の気持ちがわかるのかもしれない。

──腹が減っているんだね、きっと。

周吉も狐と同じ山に棲むものとして、狐たちの気持ちは理解できた。

このところ、周吉も食いものにありつけていない。天候のせいなのか運が悪いのか、食いものが見あたらない。

きっと狐たちも同じ状態なのだろう。何も食っていないに違いない。

(はて、どうしたものかね)

周吉は首をひねる。

──放っておけばいいさ。

オサキは冷たい。オサキは魔物であって人間ではない。人間など死のうと生きようと関係ない。オサキは人間に冷淡だった。

(そうもいかないだろう。このままじゃ、喰われちまうよ)

見知らぬ男が喰われようと周吉には関係ない。しかし、周吉は殺生が好きではない。血のにおいが好きではなかった。

血のにおいを嗅ぐと自分の父と母の死を思い出して、しばらくふさぎ込んでしまう。

いくら、

「もう昔のことだから」

と嘯《うそぶ》いてみても、やはり愉快ではない。
周吉は闇に溶けた。
狐たちを追い払うつもりだった。
——やめておけよ、周吉。
面倒くさがりのオサキはいう。周吉のやろうとしていることが気に入らないらしい。
ふて腐れた声だった。
(まあ、これも人助けさ)
周吉はいいわけをする。オサキにいいわけをするオサキモチも珍しい。
——ふん、馬鹿馬鹿しいこった。
それでも周吉の懐から逃げ出そうとはしない。一緒にきてくれるつもりのようだ。
いつだって、オサキは周吉に文句をいうだけで、結局は周吉に付き合ってくれる。
(ありがとう、オサキ)
周吉はオサキにいった。それから、すぐに真顔に戻って狐の姿をさがす。
狐はひどくにおう動物なので、周吉は簡単に居場所を見つけることができた。
(やっぱり、ただの狐じゃないね)
周吉は顔を顰める。最初からただの狐ではないことくらい承知していたが、ここまで性質《たち》の悪い連中だとは思っていなかった。

——だから、放っておけばよかったのに。

オサキはくどい。

やはり、妖狐であった。それも魔物としての本性を隠すことのできるくらい賢い妖狐だった。しかも、においの異常さからすると人喰い妖狐のようだ。こいつらは好きこのんで人を喰らう。他に食いものがあっても人間の血肉を好む。山の中で会いたい連中ではない。

とうの昔に人喰い妖狐は周吉に気づいているようだった。

(参ったなぁ……)

周吉は嫌な顔をする。

三匹ばかりの大きな妖狐が暗闇の中で、ぴかぴかと目を光らせていた。揃《そろ》って周吉のことを見ている。

ときどき、つっと涎《よだれ》が垂れる。

妖狐たちの方から話しかけてきた。

「おまえさん、見ない顔だね」

一番大きな妖狐が周吉に話しかけてくる。周吉のことを魔物仲間だとでも思っているのか気安い口調で話しかけてきた。

「どこからきたんだい？」

周吉は返事も挨拶もせずに単刀直入にいう。

「あのおじさんを見逃してやってはくれないかい？」

妖狐を相手に駆け引きをするつもりはなかった。そこまで周吉も面倒なことが好きなわけではない。

「見逃すだって」

はん、と妖狐は鼻で笑う。

「おれたちだって腹が減っているんだ。あの人間を喰わなきゃ、今度、いつ喰えるか、わかったもんじゃない」

妖狐は目をぎらぎらとさせている。もし周吉の能力が自分たちのそれよりも劣るようなら喰らおうと思っているのが、手に取るようにわかる。安左衛門よりは若い周吉の肉の方が柔らかく旨いと思ったのだろう。

それなのに周吉はのんびりとしている。

(こんなところで喰われたくはないねえ)

――本当に面倒なことばっかりだ。本当に、嫌だ嫌だ。

オサキが口を挟んだ。オサキの声は苛立《いらだ》っていた。周吉が妖狐たちに下手《したて》に出ているのが気に入らないのかもしれない。

わざとらしく大声で、

――本当に周吉ときたら、面倒なことばっかりだよ。

と喚《わめ》いた。そのとたん。

「おまえさん、何か飼っているね」

と、妖狐たちの目が細くなった。

(………)

「おまえさん、何者だい?」

さすがに妖狐であった。オサキの剣呑な空気を感じ取ったのだろう。妖狐たちの銀色の毛が緊張感で立っている。

――ケケケケケッ。今ごろ気づいたのかいッ。

オサキは挑発を続けている。わざわざ妖狐に聞こえるようにしゃべっている。そのつもりになれば、オサキは自分の声を聞かせたい相手に聞かせることができる。

(ちょっと黙っていなさいって。おまえが口を出すとややこしくなるから。……こんなところで喧嘩《けんか》なんてしたくないんだよ)

口の悪いオサキにしゃべらせていては、まとまる話もこじれてしまう。周吉はオサキを黙らせようと必死だった。しかし、

——もう手遅れだよ。

（え……）

ふと宙を見ると三匹の妖狐が舞っていた。オサキの気配を感じ取った妖狐たちは、先手必勝とばかりに攻撃を開始したのだった。

おぞましいばかりの朱色の牙《きば》を剝《む》き出しにして、周吉の方へと飛んでくる。

しかし、周吉もオサキも慌てない。妖狐たちの牙が目の前まで迫ってきているというのに逃げもせず、暢気《のんき》なことにいい争っている。

——おいらが、やっちまおうかい。

オサキは血の気が多い。

もしかすると三瀬村でのことが頭に残っていて、柄にもなく周吉を守ろうとしているのかもしれない。

（やめときなよ。……オサキにやられたら、あいつら死んじまうよ）

——殺しちまえば簡単なこった。

（殺生は嫌だよ。だって、かわいそうじゃないか……）

——周吉、相手は妖狐だぞ。本気で、おまえのことを喰っちまうつもりで、飛びかかってきているんだぞ。

(まあ、そんなこといわないで、おいらに任せておけって)

——おい、周吉……。

周吉はオサキの声を遮断した。そして、身体《からだ》じゅうの神経を遮断する。

それから、目を閉じて自分自身の身体を暗闇の中に溶かした。ふつうの狐であれば周吉の姿は見えないだろう。しかし、相手は妖狐。周吉を逃しはしない。

三匹の妖狐の牙が周吉の喉笛《のどぶえ》に刺さるかのように見えた。

と。

その刹那。

妖狐の眼が開いた。周吉の眼が妖狐になっていた。

眼の色が違っている。さっきまでの黒飴《くろあめ》のように真っ黒だった周吉の眼と違って、鈍《にび》色に耀《かがや》いていた。

不意に錆《さ》びた釘。

何万本もの錆びた釘が、雨のように妖狐たちの身体に降り注いだ。漆黒の天空から錆びた釘が落ちてきている。

「ぐえええええええええええええええええええええええええええっ」

妖狐たちが悲鳴を上げる。耳をつんざくような悲鳴だった。

しかし、錆びた釘は止まらない。

錆びた釘は妖狐たちの皮膚を貫通して、血管の中を暴れ回る。不思議なことに妖狐から血は流れない。明らかに錆びた釘が妖狐の皮膚を突き抜けているのに、妖狐たちの皮膚は少しも破れない。

ただ暴れ回るだけであった。

それでも錆びた釘が妖狐たちの身体の中に入ったのはたしかなことであった。何万本もの錆びた釘は何の手加減もなく、妖狐たちを身体の中から痛めつけている。

「助けてくれえ」

妖狐たちは涎を撒《ま》き散らしながら助けを乞《こ》う。——苦しいのだろう。

「もう勘弁してくれえ」

命乞いをする。

しばらくの間、周吉は何もいわなかった。妖狐たちがのたうち回っている姿を鈍色の目で眺めている。

やがて、

「あのおじさんを見逃してもらえますか?」

周吉は礼儀正しい声で、そんなことを聞いた。事態が事態だけに周吉の礼儀正しさは気味が悪い。

「ああ……。わかった……」

体内に錆びた釘が入って地獄の苦しみに悶えている妖狐たちは、他に返事のしようがない。

周吉の言葉に縋りついた。

「わかった。見逃す。……だから、おれたちのことも見逃してくれ。助けてくれッ。もうやめてくれッ」

妖狐たちが泣き叫んでいる。

「本当だね」と、周吉はいうと、鈍色の眼を閉じた。すると――。

ジュッと焼石に水をかけたような音が夜闇に響いた。

じたばたと暴れていた妖狐たちが、ぐったりと静かになる。どうやら釘が消えたらしい。

「……………」

痛みが残っているのか、恐ろしさのあまりなのか、妖狐たちは動かない。全身がぐっしょりと濡れている。

――ひどいことをするねえ。

オサキの声が聞こえた。

(そうかね)

周吉はのほほんとした声で返事をした。いったん錆びた釘を体内に入れて、それを消すという恐ろしい術を使ったくせに、その恐ろしさがわかっていない。

あまつさえ、自分はやさしい男だと思っている。

身勝手といえば身勝手な男だ。

――周吉は自分のことがわかっていないねえ。

そんなことをオサキにいわれるが周吉には意味がわからない。血の気の多いオサキに振り回されている無力な田舎者だと自分のことを思っていた。

――おいらよりも、周吉の方が、ずっとおっかないよ。

オサキに何かいい返そうとしたが、周吉の口から飛び出したのは言葉ではなく、くしゃみであった。冷たい山の空気に晒《さら》されて、さすがの周吉も風邪をひいたのかもしれない。

そのくしゃみを合図とでも思ったのか、妖狐たちの気配が闇の中に消えた。さっきまで目の前に転がっていた妖狐たちの姿は消えてしまった。

妖狐たちは周吉の恐ろしさに怯えて逃げてしまったのであった。

「あれ、どっか行っちまったね」

周吉がきょろきょろとしていると、オサキは真面目な声でいった。

——そりゃ、誰だって逃げるよ、周吉。おいらだって、あんなおっかない目にあいたくないもんね。

オサキの言葉が合図であったかのように、夜空に明るい月が顔を出した。

○

——周吉は化け物だねえ。おいら、おっかないや。

周吉が不思議な力を使うたびにオサキは真面目な顔でいう。

(化け物とは、ひどいいぐさだね)

そういい返すものの、周吉だって自分の力が不思議で仕方ない。オサキに憑かれたせいで不思議な力を持つようになったのかと思っていたが、

——おいらは関係ないよ。

と、いうことらしい。

（関係ないって、おまえ……）

——まあ、ちょっとは関係あるかもね。

相変わらず適当な返事ばかりするオサキであった。

五　やり手の手代

安左衛門を江戸に送ったら姿を消そうと思っていたのに、周吉は鵙屋で飯を食ったあげく、ひとり部屋をあてがわれて泊まってしまった。

そして気がつくと、周吉は鵙屋の奉公人になっていたのだった。出て行こうと思えば出て行くことができたのに、いまだに周吉は鵙屋にいる。それどころか鵙屋の手代にまでなってしまっていた。

――ずっといればいいじゃないのさ。

オサキは気楽なことをいう。鵙屋にいれば升屋の油揚げが食えるとでも思っているに違いない。

（そんな気楽な話じゃないんだよ）

と、周吉は悩んでいる。

周吉の置かれた事態は困ったものであった。

当たり前といえば当たり前のことなのだが、周吉は鵙屋の連中にも誰にも自分がオサキモチだとはいっていない。三瀬村を追われたといっても、元々の素性はしっかりしている。主夫婦やお琴にしてみれば、男っぷりのいい若者でしかない。

しかも、この商売に向いていたのか、町でも評判がよく、「やり手の手代さん」と呼ばれていた。

鵙屋には、周吉の他にも吉兵衛というしっかりとした番頭がいるが、吉兵衛はそろそろ店を出してもらえるともっぱらの噂だった。

箱根で腹痛を起こして、その結果、安左衛門を危ない目にあわせてしまったと聞いたときには真っ青になっていたという。

「あたしは独立なんてしたくはないんだよ、ずっと鵙屋にいたいんだよ」などと忠義一辺倒のこの男はいうのだが、店を出してもらえることが嫌なはずはない。安左衛門は吉兵衛への暖簾《のれん》分けをずいぶん前から考えていたらしく、周吉が鵙屋へやってくる前から、ぽつりぽつりとそんな話があったという。

「あたしが暖簾分けなんて、まさか……」

そんな吉兵衛の言葉を本気にするのはオサキくらいのものである。商人の気持ちなど何も知らないオサキは、

――へえ、吉兵衛さんは鵙屋を追い出されるのかい。そりゃあ、気の毒な話だねえ。

と吉兵衛の忠義口《ぐち》を真に受けたりしている。本気で吉兵衛に同情しているようだった。店を持たせてもらえる男に同情する馬鹿はいないのだが、

(追い出されるんじゃなくて、自分の店を持たせてもらえるんだよ)

周吉が教えても、オサキは聞く耳を持たない。

――吉兵衛さんも災難だねえ。まあ、鵙屋のことは若旦那に任せておけばいいさ。

ケケケ、と笑っている。

(ちっともおかしくないよ。笑いごとじゃない)

周吉は顔を顰めた。

ちなみに、周吉は今もひとりで部屋を使っている。他の奉公人たちとは別の部屋であった。これには、ちゃんとした理由があった。

最初は奉公人ではなく、山の中で迷子になっていた安左衛門の恩人ということで、ちょいとばかり他の奉公人と扱いが違っていた。

しかし案内された部屋には、日が落ちると鼠が飛び出してくる掛け軸やら、髪が伸び続ける人形などが置かれていた。周吉の使っている部屋は、そういう恐ろしいものを置いておく部屋であった。鵙屋の奉公人たちの間では〝もののけ〟部屋と呼ばれて

いる。

命の恩人に、そんな部屋をあてがうのはどうかしているといわれそうな気もするが、部屋数そのものがないのだから仕方がない。

しかも、鴫屋にはじめてきたときの周吉は、山の中を流浪した後であった。ときどき川で水浴びをしたりしていたものの、湯など入るわけもなく身体からは異臭が漂っていた。着ているものもボロボロであった。本所深川の鴫屋でなければ、近寄らせてさえくれなかったところだ。

安左衛門が、奥の部屋――つまり、恐ろしいものを置いておく部屋へ周吉を案内したのも当然のことであった。

そして、いつの間にか周吉は〝もののけ部屋〟へ居ついてしまったのであった。

周吉が鴫屋に奉公人として入ることになったとき、さすがに主だけあって、安左衛門は気にしていた。

「周吉だけ、ひとり部屋というのも、どうかねえ……」

贔屓していると思われたくなかったのだろう。周吉を他の奉公人たちと同じ部屋へ移そうかといい出した。

驚いたことに、奉公人たちがひとり残らず安左衛門に反対をした。奉公人が主人に意見をするのは、よほどのことである。

吉兵衛はこんなことをいった。

「旦那さまが周吉を贔屓しているなんて、誰ひとりとして考えておりません。それどころか、気味の悪い〝もののけ部屋〟に周吉がいてくれて安心すると、お店の者たちはいっております」

それはそうだろう。

いくらそういう商売だといっても、ひとつ屋根の下に、恐ろしいものがあっては落ち着かない。雨が降ると、血が浮かび上がってくる刀が何振りもあるような部屋なのだ。誰だって近づきたくはない。

それでも、夜中に、ことりと音が聞こえれば、見に行かなければならないのが奉公人。だが、周吉が〝もののけ部屋〟で寝泊まりしていてくれれば、行かなくても済む。

吉兵衛のいいたいことは、そういうことであった。

不思議なことに周吉が部屋を使うようになってから、ぴたりと騒ぎが収まっていた。

(オサキのことが怖いんだろうねえ)

周吉はそう思うが、オサキにいわせると違うらしい。

――おいらじゃなくて、周吉のことが怖いんだろうよ。ケケケ。

そんなわけなので、もののけ部屋を周吉がひとり占めしたところで、周吉を妬《ねた》む奉公人はいない。むしろ気の毒に思っているくらいであった。さらに、

「周吉は鵙屋に必要です。置いてください」

こういってくれたのも吉兵衛であった。

行き場のない周吉を不憫《ふびん》に思ったということもあっただろうが、実際に、周吉は鵙屋の商いに、ぴたりと合っていた。

他の献残屋のことは知らぬが、鵙屋の商いは単純なものである。持ち込まれた献上品や贈答品を、まず仕分けする。筋のよいものであれば、付き合いのある武家や商家へ売りさばき、そこそこ使えそうなものは朱引き通りの心当たりへと売りさばく。だが、まばたきをする干魚くらいになると買い手は見つからない。売った人間から手間賃を取りお寺へと持ち込むのであった。

いくら手間賃を取っていても、お寺に持って行ってしまえば儲けは少ない。しかし、問題のあるものであっても、見たとたん、

「これは売りものにならないねえ」

と、わかるわけではない。

まばたきをする干魚にしても持ち込まれたときは動かなかった。それくらいの知恵

は、もののけも持っている。

本来であれば賜屋は献残屋。恐ろしいものなど扱う必要もないし、安左衛門にしても好んで扱っているわけではない。

しかし、不思議なものを賜屋で扱うという噂が立つと、どうしても恐ろしいものが集まってくる。そうしたものの中には、持ち主がかわれば性質もかわり落ち着くものもあって高く売れることも少なくない。

「少々の損は仕方ないねえ」

と諦《あきら》めかけていたところに現れたのが、周吉であった。

人手不足ということもあって、周吉を店に置いてみたところ、ずばりずばりと恐ろしいものかどうかをいい当てるのだった。

「周吉はすごいねえ……。どんな手妻《てづま》を使っているんだい？」

そう聞かれるが、もちろん手妻なんかではなかった。周吉が見抜いているわけでもない。いい当てているのはオサキであった。

——周吉、これくらいじゃあ妖なんて呼べないね。たいしたことはないねえ。

といってみたり、

——これは死人が出るよ。ケケケケケッ。

と教えてくれたりする。

周吉だって、ふつうの人間ではない。オサキモチだ。もののけの気配を感じないわけではない。しかし、

——人間には、見えないことがあるんだよねえ。

オサキモチは、しょせん人間にすぎない。オサキのように見たとたんに、それも百発百中で「これはいけないねえ」と見抜けるはずはなかった。

商いまでもオサキに助けてもらっている周吉であった。

○

周吉が「これは売りものになるのかねえ」とオサキの顔色を窺《うかが》いつつ、鵙屋に持ち込まれた品を見ていると、

「ひええええ、誰か、だれか、きてくださいませぇ」

お静の悲鳴が聞こえた。

また、おかしなものが鵙屋に持ち込まれたらしい。

——献残屋ってのは、騒がしいところだねえ、周吉。

「まあ、いつものことなんだがねえ」

珍しく、周吉はオサキに同意した。

お静ひとりが店に立っていると、毎回のようにおかしなものが持ち込まれる。そして、

「ひええええ」

と、お静の悲鳴が鵙屋に響くのであった。

お静の主な仕事は、お琴や安左衛門の女房であるしげ女《じょ》の世話をすることであった。

もちろん小さなお店のこと、飯を炊いたり、人がいなければ店に立ったりと忙しい。

ちなみに、このお静。もののけの相手をしては悲鳴を上げているが、普段は名のとおり静かな娘であった。「名は体を表す」という言葉は本当なのかもしれない。

いや、実際には、まるっきり静かな娘というわけでもないのだろうが、騒がしいお琴と一緒にいると静かな娘に思える。周吉やオサキにいわせると、

――悲鳴を上げないと、どこにいるのかわからないものねえ。

と、いうことになる。

店先には奉公人の姿はほとんど見えなかった。人の多いときでも、吉兵衛と周吉、それに女中もかねているお静の三人がいるだけで他の奉公人たちはいない。

他の奉公人たちは武家や大店を回ったり、裏にある蔵の中で買い入れてきたものを検《あらた》めたりしている。滅多に店先へ出ることはなかった。それどころか大きな商いになると、吉兵衛や周吉も行ってしまうのでお静ひとりになることも珍しくはない。近ごろでは、奥に吉兵衛や周吉がいても、献残屋を質屋と勘違いしているような朱引き通りの住人など、ちょっとした客であればお静ひとりで応対してしまう。

お静自身も働き者で、どんな用事をいいつけられても嫌な顔ひとつしない。だからなのか、

――お静がいないと、ご飯がもらえないからねえ。助けてやろうよ、周吉。

理由はともかく、オサキでさえもお静にはやさしかった。こうしたところを見ると、お静はもののけに好かれる体質なのかもしれない。

部屋を飛び出して、店先へ行くとお静が腰を抜かしていた。お静の目の前に小汚い掛け軸が置かれていた。犬の絵が描いてあった。年老いた犬の絵だった。

――なんだい、ただの付喪神《つくもがみ》じゃないか。

オサキが、がっかりしている。血の気の多いオサキのことなので、もっと珍しいもののけを期待していたのだろう。

江戸では付喪神など珍しくなかった。〝九十九髪〟ともいい、簡単にいえば、道具

に魂が宿ったもののことである。百年を経た道具には魂が宿って妖怪になるのであった。たいていの付喪神は、カタカタと物音を立ててみたり、人をくすぐる程度のいたずらをするくらいで人に害を及ぼすことはない。

「お静さん、大丈夫ですよ」

周吉はお静を抱き起こしてやった。お琴を相手にするよりも、ずっと気楽にしゃべることができる。

「でも、周吉さん。……ひえぇぇぇぇッ」

掛け軸から、犬の舌が飛び出した。それから、ぺろりとお静の頬をなめたのであった。お静が悲鳴を上げるのも当然のことだ。

オサキが周吉の懐から飛び出すと、掛け軸の中の犬へ向かっていった。

――齧《かじ》ってやろうか。

くうぅん……。

とたんに犬はおとなしくなる。あっさりと舌を引っ込めてしまった。その掛け軸を抱えると、周吉はお静にやさしい声でいった。

「この掛け軸は、わたしの部屋へ持っていきます」

これも周吉の仕事であった。

○

そんなある日。

安左衛門は仕事中の周吉を自分の部屋に呼びつけた。安左衛門は鵙屋の主人として会合や大きな取引には顔を出すが、日常の細々《こまごま》したことに口を出さない。

――商人のくせに怠け者なんだねえ。

三瀬村の百姓しか知らないオサキはそんなことをいう。

安左衛門が怠惰なわけではなく、番頭に任せておくのが道理なのであった。腰の軽い男なので、任せきりにしているわけではなかったが、このところは吉兵衛と周吉に任せることが多くなっていた。

だから、安左衛門が奉公人を自分の部屋に呼び出すことは珍しい。周吉が鵙屋にやってきてから、誰かがこんなふうに呼び出されたことはなかった。

ちょっとした事件だった。奉公人たちがざわめいている。

「何か、しくじったのかえ、周吉や」

吉兵衛はいった。相撲取りのような大きな身体を震わせながら、周吉のことを心配してくれている。

身体に似合わぬやさしい男である。

吉兵衛は鵙屋を支える大番頭のくせに、お得意の誰それが病気になったと聞けばお稲荷さまに願掛けに行く。朝晩の般若心経だって欠かしたことのない男だった。

周吉が鵙屋に居ついたのも吉兵衛という男の存在が大きかった。吉兵衛とは馬が合う。吉兵衛も親のない子供であったらしい。町中で、

「食いものを恵んでくれろ」

と頭を下げている吉兵衛を先代の安左衛門が憐《あわ》れんで、鵙屋に奉公させたということだった。

先代の安左衛門にしてみれば仔猫でも拾ったつもりだったのかもしれない。だが吉兵衛にしてみれば地獄に仏。それ以来、鵙屋に忠義を尽くしているのであった。

鵙屋は堅い商売をしているものの、決して大店ではない。周吉が鵙屋へきてからはそれなりの商いをするようになったが、その昔には苦しかったこともあったという。吉兵衛ほどの商売人であれば、鵙屋よりも大きな店に移ることだってできたはずだ。吉兵衛ほど商人仲間に評判のいい男はいない。

「吉兵衛さん、どうして、ずっと鵙屋にいるんですか？」

周吉は聞いてみたことがあった。

「聞いたら笑うよ」

吉兵衛は、ちらりと白い歯を見せたが、すぐにいつもの真面目な顔に戻って話し出した。

「お庭に桜の木があるだろ？　〝鵙屋の桜〟って、呼ばれている木があるだろ？」

「はあ……」

吉兵衛が、ずっと鵙屋にいることと、桜の木が、どうつながるのかわからないまま周吉は曖昧な返事をした。

「そりゃあ、まあ、知っておりますが」

本所深川の住人で〝鵙屋の桜〟を知らない者はいない。話の流れから、ふたりは庭の桜の木の前へと場所を移した。すると、鼻でもむずむずしたのか、

――くっしゅん。

オサキがくしゃみをした。魔物のくせに、くしゃみまでする。さらに、

――この桜、おいらたちのことが嫌いみたいだね。

そんなことをいっている。

（まさか）

と思うものの、魔物であるオサキのことだから、桜の木の気持ちがわかっても何の不思議もない。付喪神というものがあるくらいなのだ。人間だけに心があるわけではない。

一方、ふつうの人間である吉兵衛にはオサキの言葉など聞こえはしない。吉兵衛は桜を眺めながら、どこまで本気なのかこんなことをいった。

「この木と離れたくないんだよ」

「はあ……」

周吉としては他に返事のしようがない。

本所には七不思議というものがあった。ここらの住人たちは〝本所の七不思議〟の八番目だとか九番目だかに、〝鵙屋の桜〟を数えている。

そもそも、七不思議といっても、正確に七つというわけではない。七という数字がすわりがよいので七にしてあるだけのことだった。話し手によって、七不思議が八つになったり九つになったりするのも珍しいことではない。

「〝鵙屋の桜〟の話は本当なんですか」

周吉は疑っていた。

大川にかかる大橋の近くにある駒止堀《こまどめぼり》の岸に生える芦《あし》にはなぜか茎の片方しか葉が

ないという〝片葉の芦〟。それから夜更けに灯りが見え続けるという〝送り提灯《ちょうちん》〟。それらに混じって、〝鵙屋の桜〟という不思議があった。

不思議といっても、〝片葉の芦〟や〝送り提灯〟に比べたら他愛のないことであった。眠る前に鵙屋に植えられている桜を拝むと、夢の中で死に別れた者と話すことができるというのであった。

その噂を聞いて、周吉もやってみたが夢など見なかった。

そういうと吉兵衛はほろりと笑みを浮かべて、

「周吉は見なくても平気なんだろうね」

といったのだった。

吉兵衛は鵙屋で奉公をはじめる前に二親と死に別れているという話であった。吉兵衛のことだから、夢の中だけでも親孝行したいのかもしれない。それくらい吉兵衛はやさしい男であった。

こんな吉兵衛だからこそ、安左衛門も暖簾分けをして店を持たせてやりたいと思ったのだろう。

遠慮して「暖簾分けなんて、とんでもございません」という吉兵衛を、「遠慮するのも、たいがいにしなさいな。あんまりいうと嫌味になっちまうよ」と叱り飛ばすようにして安左衛門は暖簾分けの手配を進めていた。これだけ主人に好かれている奉公人も珍しい。

ちなみに、日本橋あたりの大店では、番頭をつつがなく勤め上げると二百両もの隠居金がもらえるという。二百両といえば、十年どころか二十年も暮らせる大金であった。

「まあ、そこまではしてやれないけれど、できるだけのことはするつもりだよ」

安左衛門は奉公人たちにいっていた。

吉兵衛としてはその言葉を聞いて、ずっと鴫屋にいるつもりになったのかもしれない。隠居金がもらえるまで勤め上げるつもりだったのだろう。

しかし、隠居金がもらえるのは、もっと先のこと。頭に霜をいただくころまで勤め上げなければ一銭にもならない。いくら繁盛している鴫屋であっても、商売は水もの。それならば、早いところ暖簾分けをしてやろうと安左衛門は考えたようであった。

その吉兵衛、周吉が安左衛門に叱られると思って心配している。気のいい吉兵衛らしく、

「一緒に謝ってやろうか」

などといっている。

このままでは、安左衛門の部屋まで一緒に押しかけて行きかねない。いまだに周吉のことを十五の少年だと思っている節《ふし》がある。

「いえいえ、まさかまさか」

周吉は必死で吉兵衛を宥める。そもそも安左衛門に叱られるおぼえもなかった。

「きっと、来月の大坂行きのことでしょう」

「そうかねえ」

そうだといいんだけどねえ、と吉兵衛は不審そうな顔をする。納得いかぬようであった。

大坂に行く用件があるのは本当のことで、来月、大坂の大店と取引がある。そこに周吉がお供することになっているのだった。そのことについての話があっても、おかしくはない。

しかし吉兵衛が不審そうな顔をするのも道理で、大店と取引とはいうものの、その実態はただ飲み食いをするだけであって、打ち合わせの必要などないものだった。これまでに何度も取引をしているが、今の今まで打ち合わせなどしたこともない。

――周吉、叱られるのかい。

吉兵衛の話を聞いて、オサキが周吉のことをからかいはじめる。

「それじゃあ、行って参りますから」

面倒になった周吉は強引に話を終わりにすると、安左衛門の待つ奥の部屋へと急いだ。

「ちゃんと謝るんだよ」

背中に吉兵衛の声が聞こえた。吉兵衛はどうしても周吉が叱られると思っているらしい。

――ちゃんと謝るんだよ、周吉。

懐でオサキがケケケと笑っている。

○

安左衛門は江戸の商人らしく人当たりのよい男であったが、その反面、江戸の人間とは思えぬくらい回りくどい性格であった。

例えば、豆腐の話をするのに大豆の話からはじめる始末。このときも、ぐずぐずと天気の話だの、コメ相場の話だの、となかなか本題に入らない。周吉も気の長い男だが、安左衛門の足もとにも及ばない。安左衛門の回りくどさに閉口することもしばしばであった。

この日の話も長かった。足が痺《しび》れはじめたというのに、話が終わる気配どころか本題にも入っていない。

――周吉、いつまでここにいる気だい。怠け者の安左衛門さんの話し相手はもういいよ。

オサキが懐で退屈している。魔物のくせに欠伸をしている。

(もう少しだと思うから我慢しておくれ)

他にいいようがない。

――いつになったら叱られるのさ。

周吉が叱られるものと決めつけている。しかも腹の立つことに、周吉が安左衛門に叱責されることを楽しみにしているようだ。

(性質の悪いオサキだね)

いってやったが、正直なところ周吉も退屈していた。奉公人である以上、まさか安左衛門の前で欠伸などできず、欠伸をかみ殺しながら安左衛門の話を聞いていた。

そんな調子で半時ばかりも無駄話をしたころ、ようやく、安左衛門はこんな話をはじめた。

「周吉、おまえ、好きな女はいるのかい？」

「はあ」

思わず欠伸のような声が出てしまった。奉公人が主人にする返事ではない。

それまで、近所の猫が子供を三匹産んだということについて話していたので、今ひとつ話についていけず、おかしな返事をしてしまった周吉であった。

そんな周吉の様子がおかしかったらしく、

――周吉、好きな女はいるのかい？　ケケケケッ。

オサキが安左衛門の口真似をして大笑いをしている。色恋の話に興味があるのではなく、周吉の動揺する姿に興味があるのだろう。

いつもなら真っ赤になって照れるのだが、この日ばかりは安左衛門の話が長すぎた。オサキに笑われているのに、何が起こっているのか周吉にはわからない。きょとんとした顔をしている。

「へえ」

よくわからないが黙っているのも気まずいのでいってみた。

すると、何を勘違いしたのか安左衛門はもっともらしい顔になって、

「まあ、おまえもいい歳だしその男ぶり。娘たちが放っておかないのは、このあたし

だってわかっていらあ」

と、自分ひとりで勝手にうなずいている。ひとり合点の多い男なのである。

「はあ」

周吉は相変わらず話についていけなかったが、腹の立つことにオサキはわかっているらしい。

——娘たちが放っておかないよ、周吉。

懐でオサキがケケケケと笑っている。

一方の周吉は安左衛門が何をいっているのかわからない。どうしてオサキが笑っているのかもわからなかった。

オサキを問い詰めたいが、主人の前で懐の魔物に話しかけるのもためらわれる。途方に暮れているうちに、

「鵙屋には慣れたかい？」

するすると安左衛門の話はかわる。

「大変やりがいのある仕事だと思っております」

周吉は安左衛門の目まぐるしくかわる話についていけず、目を白黒させながらも無難なことをいった。実際に嫌いでない。

「それはよかった」

安左衛門はそんな周吉の答えを聞いて、うれしそうに顔をほころばせる。それから周吉のことをやさしげに見ると、

「だったら、どうだい？」

また意味のわからないことをいい出す。せっかく返事のできる商いの話になったというのに、また元に戻ってしまった。

「へえ」

「へえじゃなくて、どうですか、と聞いているんだ」

安左衛門の声が不機嫌になった。

――本当に周吉は鈍いねぇ。

オサキまで呆れている。

奉公先の主人に不機嫌な声を出されても、魔物に呆れられても、わからないものはわからない。

「いったい、何がどうで、何の話をなさっているのか、わたしにはわかりません。……あいすみません」

正直に頭を下げる周吉だった。

「ああ、そういうことかい」

と、ようやく今になって、安左衛門も周吉が何もわかっていないらしいことに気づく。周吉も鈍いが安左衛門もかなり鈍い。それなのに、自分のことを棚に上げて、

「おまえも鈍い男だねえ」などといっている。それから、お茶をすすると、姿勢を改めて、

「周吉、おまえさん、お琴の婿になる気はねえかい」

この鴫屋の若旦那にならないか、といったのだった。結局のところ、安左衛門の話は周吉とお琴の縁談であった。

呆然とする周吉の懐から、オサキの真面目な声が聞こえた。

――これで本物の若旦那だね。出世したねえ、周吉。

○

ときおりであるが、吉兵衛に何か食いに行こうと誘われることがある。

たいていふたりで稲荷寿司を食いに行くのであった。

「いつもの屋台でいいかいな」

聞いておきながら返事も待たずに、吉兵衛は深川の富岡八幡宮《とみおかはちまんぐう》の方へと歩き出す。寺の多い、そのあたりに吉兵衛の行きつけの稲荷寿司の屋台が出ている。愛想の悪い小柄なじいさんがひとりで屋台を出していた。参詣客《さんけい》でにぎわう場所だけあって、愛想のひとつもいえぬじいさんがやっている店でも食っていくことくらいはできるようであった。

まあ、味は悪くないらしく、

——あそこの稲荷寿司は旨いんだよねえ。油揚げは升屋さんより落ちるけど、酢飯がいいんだよ、周吉。

オサキは気に入っている。

オサキは腹が減れば何でも食べるし、そうかといって一年や二年なら食わなくても死ぬことはない。それなのに、

——おなかがすいたよ、周吉。

このオサキは食い意地がはっている。狐に似ているせいなのか油揚げに目がなく、稲荷寿司も好物であった。

周吉はオサキを懐から出すと、つまんだ稲荷寿司と一緒に目立たぬように地面へ置いた。すでに薄暗くなっていたので、少々のことをしても大丈夫だろうと思ってのこ

とである。

オサキは大喜びで、周吉がよこした稲荷寿司を食いはじめた。周吉の分まで食べてしまいそうな勢いであった。

周吉も若い盛り。いくら食べても腹の減る年ごろであった。今だって腹の虫が、

「飯を食わせろ飯を食わせろ」と騒いでいる。

オサキに負けじと、周吉も稲荷寿司を口に放り込んだ。かための飯に酢が効いていて、たまらない味であった。いくつでも食えそうな気がする。

一方の吉兵衛は稲荷寿司に手もつけず、

「ところで周吉」と話しかけてくる。

「ふぁい」

行儀悪く、稲荷寿司を口に入れたまま返事をする周吉であった。番頭相手に失礼な話だが、それだけ吉兵衛に気を許していた。

「旦那さまのお話は婿入りのことだったのかい？」

周吉はむせた。

――ケケケケケッ。

オサキが笑い出す。吉兵衛も笑っていた。稲荷寿司を咽喉《のど》に詰まらせ、目を白黒さ

せている周吉を吉兵衛がからかった。

「おまえさんが、旦那さまになっても、あたしを鵙屋に置いとくれよ」

吉兵衛の下手な冗談を聞いて、オサキがケケケッと大笑いをしながら周吉にいった。

——おいらのことも、鵙屋に置いとくれよ、若旦那。

六　夜祭り

夜祭りの周吉とお琴に話を戻すと……。

周吉がオサキモチだと知らないお琴は気楽なものだった。自分は周吉と一緒になるものと決めてかかっている。

まあそれも道理で、江戸の人間百人に聞けば、おそらく百人全員が「こんないい話を断る馬鹿はいない」と口を揃えるだろう。

親のない周吉を婿にしてくれるというのだ。堅い商いをしているといっても、大店ではない鵙屋だからできることなのかもしれない。

ついさっきまで泣いていたはずのお琴が、周吉のとなりでうれしそうに笑っている。それを見てオサキがこんなことをいい出した。

――お嬢さんと奉公人には見えないねえ。

そういっても、夫婦や好いた者同士にも見えない。仲のよい姉と弟のようにしか見えなかった。

——周吉の方が年上なのに、だらしないねえ。ケケケッ。

何がだらしないのかわからないが、オサキに笑われる始末であった。まあ、実際にお琴の方がしっかりしているように見えるのだから何をいわれても仕方がない。

で、そのお琴さん、相変わらずの無邪気さで周吉に聞く。

「周吉さん、何を考えていらっしゃるの？」

「いえ。お祭りなのに、ずいぶんと静かだなあと思いましてね」

とっさに出た言葉であったが、これも事実。人はそれなりにいるのに、いつもの夏祭りに比べると静かだった。

お琴も、そのことに気づいていたのか、「本当ねえ」と不思議そうな顔で小首を傾げている。

「ずいぶん静かねえ」

「ええ、気味が悪いくらいに」

周吉もお琴に倣って首を傾げたものの、夏祭りがこんなに静かな理由などとっくに気づいていた。

いや、周吉でなくとも気づく。

子供がいないのだ。

うるさいくらいにはしゃぎ回っているはずの子供たちの姿がなかった。屋台に群がっては小銭を使っているはずの子供たちがいない。

夜祭りにやってきているのは、みんな、お琴よりも年上の大人ばかりだった。子供の多い、この社《やしろ》の祭りにしては不思議な風景であった。

例の槍突きのこともあって、出歩くには物騒だということもあるだろうが、それにしても子供の姿が見えなさすぎる。

ふと……。

「――鵙屋のお嬢さんに、手代さんじゃありませんかい」

と、野太い声が聞こえた。近くの屋台から呼ばれた。

商人の習いで周吉は相手を見る前に頭を下げる。そして、ゆっくりと顔を上げると、そこには恐ろしい顔があった。

どう見ても堅気ではない岩のような、獣のような、大男がこちらを見ている。――とにかく恐ろしい顔であった。

――化け物だよ、周吉。化け物がお江戸に出たよ。

ケケケと笑いながらオサキがいう。大喜びのオサキであった。

オサキはこの男を見ると、すぐにからかう。

——化け物だ、お江戸の化け物だ。ケケケケケッ。

(化け物じゃなくて左平次《さへいじ》さんだよ、オサキ)

周吉は真面目な顔でオサキにいった。オサキの声は左平次に聞こえない。それでもいってよいことと悪いことがある。たしかに、左平次の顔は気の弱い人間が見たなら気を失いそうなくらい恐ろしいものであったが、化け物扱いはひどい。

「あら、佐平次さん」

そんな恐ろしい顔を相手にお琴は気安い。

気安いのも道理で、この佐平次という男はこのあたりの顔役で、いわゆるテキ屋の親分だった。破落戸《ごろつき》どもを束ねる親分家業のくせに気のいい男で、江戸っ子たちに好かれていた。後年、佐平次を手本にした芝居が江戸で流行ったというのだから、その人気たるや尋常のものではない。

今日の祭りを裏側から仕切っているのも、この左平次であった。

恐ろしい顔のくせに手先の器用な男で飴細工なんぞを売っている。

根っからの江戸っ子の安左衛門も佐平次を気に入っており、祭りがあれば金子《きんす》を惜しむことなく出していた。周吉やお琴も佐平次とは親しい。

「どうですか。売れておりますか」

周吉は商人らしい言葉をかける。

五年も商家の水を飲んでいると、言葉遣いまでかわるらしく、三瀬村にいたころの訛りは出てこない。

しかし、周吉の言葉を聞いたとたんに佐平次は眉間に皺《しわ》を寄せる。もともと恐ろしい顔の佐平次。こんな顔の男が眉間に皺を寄せると、さらに恐ろしい顔になる。

――周吉、逃げねえッ。喰われちまうッ。

オサキは化け物扱いをやめない。

（よしなさいよ）

周吉はオサキを窘《たしな》める。

子供が泣き出しそうなくらいの怖い顔であった。左平次はいった。

「ごらんのとおりですよ。商売、上がったりだ」

がらんとしている。

「……………」

客が誰もいないのだ。

佐平次の出している店は飴細工の屋台で、これは毎年恒例のことであった。

「親方の飴細工を見ねえで本所の祭りといえるかってんだ」などと啖呵を切る連中もひとりやふたりではない。

なにしろ、佐平次の飴細工といえば、本所の名物であった。あこがれない子供はいない。例年であれば、遠くの町からも佐平次の飴細工を目当てに子供がやってくる。

――たかが飴細工にご苦労なこった。

オサキは皮肉をいった。ひねくれているオサキのことなので、「みんなが褒めるのなら貶《けな》してやろう」と天《あま》の邪鬼《じゃく》を決め込んでいるだけなのかもしれない。

魔物がふて腐れるくらい大人気なのに、今年に限っては閑古鳥が鳴いている。

そのために大量に売れ残っているらしく、色とりどりの飴細工が屋台に並んでいる。

――こんなに無駄にしてざまあないねえ。

ケケケとオサキは佐平次たちの不幸を喜んでいる。周吉も商人として「もったいない」という気持ちであったが、まさか親分の佐平次にそんなことがいえるわけもない。

ちなみに、本来ならば、顔役の佐平次が店をやることはない。若い衆に店をやらせて、それを仕切るのが顔役の仕事なのだ。いくら気のいい佐平次だって、普段は自分で店を出したりはしない。この社の年に一度の夏祭りは特別なのだ。この祭りのときにだけ、佐平次は飴細工の屋台を出す。

それなのに、こんなに売れ残ってしまっては佐平次の顔も立たない。眉間の皺が深くなるのも無理のないことであった。

周吉はそんな佐平次に言葉をかけた。

「このごろの子供は飴細工が好きじゃないんですかねえ……」

「手代さん、あっしの店だけじゃねえんですよ」

佐平次はそういうと、右手をぐるりと回してみせる。周囲の屋台を見てみろということらしい。

佐平次の右手に釣られるようにして、周吉もお琴もぐるりと境内を見回した。

「へえ……」

思わずため息が漏れた。

どこの屋台も大量に売れ残っている。判で押したように、屋台の兄さんたちが苦虫を嚙《か》み潰している。

――たくさん食べ物が残っているねえ、周吉。

オサキが目を丸くしている。山奥の貧しい村から出てきた周吉とオサキなのだ。どうしても食べ物に目が行ってしまう。

ここまで何もかも売れないとなると、仕切りを任されている佐平次としては頭を抱えてしまう。

一言で祭りの仕切りというけれど、これが難しい。テキ屋の親分になるためには、「先を見通す目」とやらが必要であった。

どれくらい売れるのかを考えて仕入れや人手の手配をしなければならない。これをしくじってしまうと、どんな立派なものを売っても損を出してしまう。そこを見通して、損を出さないように工夫するのが、テキ屋の親分の仕事であった。損を出すようでは、そもそも話にならないのだ。

それがこんなに売れ残っていては損ばかりであろう。商人であっても見込み違いから損を出せばお店にいにくくなる。ましてや、佐平次は男を売る商売。親分を退くどころか、本所深川から出て行ってしまうかもしれない。そのくらいのことは周吉でさえわかっていた。

「子供が祭りにこねえんですから、しょうがねえんですよ」

佐平次は軽く舌打ちする。

「あらまあ。……いったい、何があったんですかねえ」

やり手の手代らしからぬ言葉を周吉は口にした。気を抜くと若旦那のようなしゃべり方になってしまうのであった。

「何も、ご存じねえんですか」

佐平次が驚いた顔をしている。恐ろしい顔の佐平次がこんな顔をすると、まるで獅《し》子舞《しまい》のように見える。

「何もと申しますと？」

暢気に聞き返した周吉の言葉に、「本当に何も知らねえんだな」と佐平次は呆れ顔を見せると、急に真顔になっていったのだった。

「鬼隠しですよ」

鬼隠し――

――つまり、神隠しのことである。

佐平次の言葉を聞いて、

――子供を隠したのは、吉兵衛さんだろう。

懐でオサキがそんなことをいっている。真面目な声だけに始末に負えない。

（どうして、吉兵衛さんが子供を隠すんだい？）

――鬼だからに決まってるじゃないか。鬼隠しだろう。下手人は鬼に決まっているじゃないか。
オサキは稲荷神社で周吉が「吉兵衛さんが鬼になっちまうよ」といったことをおぼえていて、そんなことをいっているのだ。余計なことばかりおぼえている。

とうとう、温厚な吉兵衛を拐かしにしてしまうオサキなのであった。いや、拐《かどわ》かしどころではない。

――喰っちまったんじゃないのかい。

（あのねえ……）

――吉兵衛さんなら子供くらいペロリと喰べちまうだろう。

目の前にいるお琴や佐平次に聞こえないからというわけでもないだろうが、オサキは周吉の懐で好き勝手なことをいっている。

たしかに吉兵衛は相撲取りのような体格をしていて、子供くらいペロリと喰ってしまいそうに見えるが、どこを叩いても吉兵衛は人間。子供を喰うわけがない。

――こんなところでぐずぐずしていないで、さっさと、吉兵衛さんのことを捕まえちまいなよ、若旦那。

（黙ってなさいな）

と命令すると、相変わらず渋い顔をしている佐平次に聞いた。

「子供たちが、みんな消えてしまったんですか?」

「まさか、いくらなんだって」

江戸じゅうの子供が消えちまうわけはねえでしょう、とテキ屋の親分は苦笑い。

「どうも、この手代さんはズレてるねえ」という声が聞こえてきそうだった。

「じゃあ、どうして、子供たちがいないんですかねえ。せっかくの夏祭りだというのに……」

こんなに寂れた本所の祭りを見たのは、鵙屋で奉公をしてからはじめてのことだった。

「親が家から出さねえんでしょうよ」

佐平次はいった。

ただでさえ、闇に怯える江戸の人間たちである。そこに加えて鬼隠しの噂が立ってしまっては、いくら夏祭りとはいえ親たちが子供の外出を許すはずがない。

おそらく夜だけではなく、まだ明るい昼間でさえ家の中に閉じ込められている子供がいるのだろう。

「とにかく、商売上がったりなんですよ」

佐平次はうんざりした顔を隠そうともしなかった。

○

丑の刻参りのころ、江戸の町はひんやりとした闇に包まれた。昼間の商人や武士にかわり盗賊や妖どもが暗躍する時刻でもあった。

いつもなら青白い月光が夜の町を照らしてくれる。しかし、この日は厚い雲が月の光を遮っていた。

腹を減らした野犬でさえ出歩くことをためらうような夜だった。鴫屋の人々も眠りこけていた。もののけ部屋の付喪神たちでさえ、こんな夜はおとなしい。

ふと。

周吉は暗闇の中で殺気を感じた。うとうととしていたところ嫌な気配を感じたのであった。

「誰かいる」

鴫屋は物騒な連中に囲まれていた。これから押し入るつもりらしい。血に飢えているのか興奮していた。むやみに殺気立っている。周吉は夜具にくるまったままでそこまでのことを感じ取っていた。

――十人、いんや、十三人くらいかねえ。

それまで寝息を立てていたオサキが懐からいった。意味もなく、ケケケと笑っている。

周吉の懐にいるくせに店の外の様子が見えるのだ。周吉とてふつうの人間ではないが、しょせんは生身の人間にすぎない。布団の中から、店の外に何人の男たちがいるのかなんてわからない。感じ取ることはできても、オサキのように見えるわけではない。

――面倒だねえ。放っておけばいい。

オサキは欠伸をする。こういうときのオサキはやる気のない猫のような顔をする。愛想の欠片《かけら》もない。

(そんなわけにもいかないよ)

周吉はいった。

鵙屋を囲んでいる物騒な連中が乱暴をしないはずはない。あの様子では盗むことよりも暴れることが目的なのだろう。

鵙屋は商家にすぎない。乱暴な連中に太刀打ちできるはずがない。放っておいたら皆殺しにされてしまう。

奉公人として飯を食わせてもらっているのである。見すごすわけにはいかない。それに加えて、

——やっぱり、お琴を助けないとねえ。大切なおかみさんだもんねえ、周吉。ケケケッ。

オサキはいつものように周吉をからかっている。周吉がオサキにいい返そうとしたとたん、

——おや。

オサキが戸惑った声を出した。何か腑に落ちないことがあるらしい。

(ん……。どうしたんだい)

——周吉、お琴の気配がない。家の中にいないよ。

お琴が鵙屋から消えた。オサキはそういっているのであった。

◯

そのすぐ後のこと。

周吉は鵙屋の外に立っていた。周吉のすぐそばには殺気立った連中が群れをなして

いる。こんなに雁首《がんくび》を揃えているのに、誰ひとりとして周吉の存在に気づいていないようであった。

——やっぱり、お琴はいないね。

オサキはいった。

たしかにお琴の姿も気配さえもなかった。この物騒な連中に捕まったわけではないらしい。

捕まっていないとなると、それはそれで厄介な話になってしまう。こんな夜中にどこに行ったのかわからないのだから。

鵙屋を取り囲んでいるのは浪人たちのようだ。全員が全員、匕首《あいくち》ではなく刀を持っている。いつかの槍突きのことを思い浮かべたが、今はそんなことを考えている場合ではない。

どちらにせよ、この物騒な連中の始末をつけなければならない。放っておくと鵙屋に押し入ってしまう。

浪人たちが金のある商家を襲うのは珍しいことではない。ただでさえ本所深川には夜盗のたぐいが山のようにいる。しかし、

——弱い連中だねえ。

オサキのいうとおりであった。浪人たちときたら周吉の存在に気づきもしない。自分たちは常に狩る側で狩られることなどないとでも思っているのだろう。見ているだけで虫唾《むしず》が走る。

手加減するつもりなどなかった。殺してしまってもよかったのだが、死体を始末するのも面倒だった。歩いて帰ることのできる程度に痛めつけておけばいい。周吉はそう思った。

周吉は闇に溶けた。

文字どおり闇討ちにするつもりだった。周吉は武士ではない。正面からやり合うつもりなどなかった。商家に押し入る浪人たち相手に正々堂々も糞もない。闇の中で葬ってしまえばいい。顔を見せるつもりもない。

――周吉は卑怯だねえ。

ケケケ。オサキがうれしそうに笑う。

(あのねえ……)

周吉は嫌な顔をした。からかわれていると知りながらも、やはり卑怯といわれては面白くない。

だが、今はオサキの相手をしている場合ではない。

鵙屋を囲んでいる曲者どもに意識を集中させた。ひとり残らず隙《すき》だらけだった。

闇の中で周吉が動いた。

次々と浪人たちが崩れ落ちる。連中は声さえ立てなかった。

あっという間に、十三人の浪人たちが地べたに転がった。昏倒《こんとう》している。殺さないように手を抜いていたが、それでも浪人たちは朝まで動けないだろう。

周吉は汗ひとつかいていない。息切れさえしていなかった。

――周吉。

倒れた浪人たちには目もくれずオサキが鋭い声で周吉を呼んだ。いつの間にか、オサキは懐から飛び出して地面の上に立っている。

――お琴がいるよ。寺の方へ歩いている。

こんな夜更けに若い娘が歩いているとオサキはいうのだ。鵙屋にお琴がいない以上、夜の本所深川のどこかにいるはずであるが、それでも信じられなかった。お琴は安左衛門に似て無鉄砲なところはあるものの、ふらふらと無目的に夜歩きをするような娘ではない。

周吉は提灯も持たずに寺への道を駆け出した。それなりに夜目がきくので提灯は邪魔になるだけだった。

闇の中を走っていると、

——周吉。

オサキが真面目な声で周吉の名を呼んだ。

——お琴がいるよ。この道の先だ。

オサキは暗闇の中でも昼間と同じように見える。暗闇の先を銀色の目で見つめながらいった。周吉だって夜目はきく。ふつうの人間とは比べものにならないくらい夜でもいろいろなものを見ることができるが、しょせんは人間。魔物のオサキに勝てるわけがない。オサキに比べれば盲目同然であった。

このときも周吉はお琴の姿を見つけることができなかった。目の前には暗闇が広がっているだけで若い娘の気配などしない。

（まさか）

周吉はオサキにかつがれていると思った。

事実、この魔物は平気で嘘をつく。周吉をからかうことを趣味のようにしている。今までだって何度もかつがれていた。周吉の慌てる姿を見て、ケケケと笑うのがオサキの生きがいであった。周吉がオサキのいうことを信用しないのも当然である。

——おいら、嘘なんかつかないよ。

と、オサキは嘘をつく。魔物なので、嘘をついたら駄目なのだという考えなどないのだから仕方がない。

しかし、今日に限っては周吉をからかったわけではなかったらしい。真面目な声であった。それはそれで気色が悪い。

――願を掛けに行ったんだねえ。こんな真夜中にご苦労な話だね。

（なるほど）

周吉は納得した。

願掛けであれば夜中に若い娘が出歩いていてもおかしくはない。

――鵙屋の大切な娘がこんな夜中に出歩くかね。物騒な話だ。まったく、お琴は自分の家に金があるという自覚があるのかね。

金なんてなくても暮らしていくことのできる魔物のくせに、オサキは銭金の話が好きだった。奉公先の鵙屋の懐具合や商売にも、なぜか周吉より詳しい。

――鵙屋は小さいけど、堅いもんねえ。

ときどき商売のことをオサキに尋ねることもある。魔物だけあって勘が冴えるのか、オサキの読みは的確であった。山深い田舎で生まれた周吉が「やり手の手代さん」などといわれ、他の商人仲間と付き合うことができるのもオサキのおかげであった。

——周吉、男がいる。

心なしかオサキの声が鋭くなった。

オサキはお琴だけではなく見知らぬ男まで見つけたらしい。わざわざ「男がいる」と周吉に教えるくらいなのだから、酔っ払いを見つけたわけではあるまい。

オサキの声は冷たかった。

——あいつ、お琴を殺すつもりだよ。刀を持っている。

オサキの言葉に周吉が緊張した。

神経を研ぎ澄ます。

暗闇の中にひとりの男の姿が浮かび上がった。同時にお琴の姿も見えた。

オサキは嘘をついていなかった。本当にお琴は闇の中を歩いていた。

お琴の背後には痩せた男が迫っていた。お琴は男に気づいていない。後ろを見ようともしなかった。

周吉は、つと痩せた男に近寄った。

周吉は闇に溶け込んでいる。尋常の人間には気配さえ感じることができぬはずである。痩せた男は周吉に気づいていない。いくら周吉が気配を消しているとはいえ無様であった。

音もなく――

痩せた男が崩れ落ちた。糸の切れた操り人形のように倒れた。

周吉の仕業である。

――周吉はひどいね。

闇でも目のきくオサキが、ケケケと笑っている。面白がっているのだ、この魔物ときたら。

――周吉は強いねえ。人間じゃないみたいだよ。

化け物だ化け物だ、ケケケとオサキはしつこい。魔物のくせに他人を化け物扱いしている。

(わたしが強いかどうかはどうでもいいんだよ)

周吉はオサキにいった。

それから男を道の端に寄せた。闇の深い夜のことで、端に寄せてしまえばお琴がこの男に気づくことはない。

(これでいい)

周吉はゆっくりと闇から姿を浮かび上がらせた。お琴を驚かせないためだった。

「お嬢さん」

周吉はやさしい声で呼びかけた。たった今、見知らぬ男を倒したばかりとは思えない声だった。

自分でも不思議に思うのであったが、お琴と話すと、やさしい声になってしまうのだった。

(妙な話だ)

暗闇の中で周吉は首をひねった。

お琴は暗闇から声をかけられると、最初は驚いたような顔をしていたが、目の前にいるのが周吉だと知ると、いつもの調子になった。

明らかに周吉を見て安心したようだ。勝ち気なお琴だって年ごろの娘。夜道が怖かったのだろう。

「周吉さん、こんな夜更けに出歩いてはいけませんよ」

お琴は周吉の顔を見るといった。周吉のことを子供扱いしている。

「お嬢さんも出歩いているじゃないですか」

無駄だと知りながらも周吉は反論してみた。

「いいんです。私はお姉さんですから」

「わたしよりも、お嬢さんの方が下じゃないですか」

「女の方が、男よりも早く大人になるんです。お母さまがそういっていました」
だから、周吉さんは私よりも幼いのです。お琴はわかったようなわからないような
ことをいった。
「それは……」
間違っていないような気もする。周吉はいい返すことさえできない。
やはり仲の良い姉と弟のようであった。
――相変わらず仲睦《むつ》まじい話で。この調子だと、もうすぐ結納だねえ。
そうすれば鵙屋周吉だ。ケケケケとオサキにまでからかわれる始末であった。
(冗談じゃないよ。こんな気の強い娘なんて)
そう嘯いたとたん、胸がちくりと痛んだ。お琴のことを考えると、ときどき胸が痛
む。どうして痛むのか周吉にはわからない。
――いつまでも遊んでいないで早く帰ろうよ。もうおいら眠いや。
暇さえあれば猫のように眠っているオサキがいった。魔物だけあって、すぐに気が
かわる。
わがままなのだ。
「お嬢さん、鵙屋に帰りましょう」

周吉がそういうと、お琴はお姉さんぶった口調でいい返すのだった。

「そうね。周吉さんはもう寝る時間だから帰りましょうか」

どうしても周吉のことを子供扱いしたいらしい。

願掛けのお参りは終わったのかどうかわからないが、お琴はけろりとした顔をしている。本当に願掛けに行ったのかどうかも周吉にはわからない。

(まあ、いいや。もう眠いし)

諦め顔の周吉を従えて鴫屋への道を帰ろうとしたところ、お琴が何かにつまずいた。

「おっと」

反射的に周吉はお琴を抱き止めた。

ふわりと――。

お琴の匂《にお》いがした。娘の甘い香りが周吉を包んだ。

「もう危ないじゃない」

自分で勝手につまずいたくせに、お琴は周吉に文句をいっている。文句をいいながらも周吉から離れようとしない。周吉もお琴の小柄な身体をつき離すことができなかった。

周吉が黙っていると、お琴も黙り込んでしまった。抱き合ったような恰好《かっこう》で黙り込んでいる。

沈黙を破ったのはオサキだった。周吉とお琴のこんな姿を見て、オサキが黙っているはずはない。

――お琴ときたら赤くなっているよ。ケケケ。

大笑いしている。よほど面白かったらしい。周吉のことをからかいはじめる。

――周吉、お琴を抱きしめてごらんよ。ケケケッ。もっと赤くなるよ。そうすれば、提灯なんていらないから。ケケケケケッ。

いつもなら、それこそ真っ赤になる周吉であったが、このときばかりはそんな余裕がなかった。口をきくことさえできやしない。

やがて、ようやくお琴が周吉から離れた。それからお琴が気まずい雰囲気を誤魔化すようにこんなことをいい出した。

「周吉さん、夜遊びをおぼえたんですか。こんな夜更けに出歩くなんて」

「いや……、その……」

周吉は返事をするどころではない。

お琴の柔らかい匂いが周吉の鼻に残っている。もう少しだけ、お琴を抱きしめていたかった。そんな考えが、ちらりと周吉の頭をよぎった。真夜中のことで神経が高ぶっているのかもしれない。

そんな周吉を見て、オサキはいった。

――お琴のことを抱きしめてやんなよ。おいら、先に鵙屋へ帰っているからさ。

○

寂れた夏祭りが終わって数日後のこと……。

近所の人間たちに話を聞いてみると、町じゅうの人間が鬼隠しのことを知っていた。夏祭りのはじまるちょいと前から噂が広まり、現実に消えてしまった子供たちもいるらしい。

寄り合いの席で、それとなく聞くと、小間物屋の若旦那が教えてくれた。

「ほんの二、三人ですがね」

小間物屋の若旦那は得意げに鼻をひくひくと蠢かす。周吉と違い、無垢の銀煙管《ぎんぎせる》の似合う本物の若旦那であった。

この若旦那、病弱で一日じゅう布団を被って寝ているくせに、寄り合い好きで欠かさず顔を出しては真っ青な顔などしている。しかも、家から出ないくせに近隣の噂話をいろいろと知っているのであった。

「あたしの知っている限りでは、そんなもんだねえ。鬼隠しにあった子供は三人くらいしか知らないよ」

「そんなものですか」

意外と少ないんですね、と周吉は首を傾げる。

子供がいなくなるのは珍しい話ではない。

生活が苦しく、どこかにやってしまうこともあれば、迷子になってしまうこともある。
二、三人ならば大騒ぎするほどの変事ではない。
また、このあたりでは貧しいため医者にかかることができない者も多く、成長する途中で死んでしまうことだって珍しくない。

それでも親にしてみれば、大切な子供が消えてしまうのだから、大事には違いないのだが、〝鬼隠し〟というには、どうもしっくりこない。

消えてしまった子供の人数が少なすぎる。夏祭りに子供たちがやってこないほどの事態だとは思えなかった。

（よっぽど、嫌な噂が出回ったんだろうかねえ……）

そうとしか思えなかった。

今も昔も、噂だけで人が動くことは少なくない。下手な事実よりも無責任な噂を信じる。

(あのときも、そうだった)

周吉は暗い目になった。自分の父と母の最期を思い出したのだ。

そんな周吉の気持ちが伝わったのか、懐で、オサキががさごそと蠢く。……蠢くばかりで一言もしゃべらない。

オサキも思い出しているのだろう。

あのときのことを。

○

江戸にやってくる前のこと。

周吉は江戸から離れた三瀬村で生まれ育った。子沢山の多い三瀬村の人間にしては珍しく、ひとりっ子であった。三瀬村から近隣の村にかけて周吉の名前を知らない者はいなかった。「オサキモチの家の子供だろ」と陰口を叩かれていた。

たしかに、周吉の祖父はオサキモチであった。〝クロ〟という名の真っ黒な体毛に覆われている黒オサキに憑かれていた。祖父は無愛想で、周吉ともほとんど話したことがなかった。そんな祖父は村人から「オサキモチさま」と呼ばれ畏れられていた。

しかし、オサキモチであったのは祖父だけであり、周吉の二親はオサキモチではなかった。オサキの姿を見ることはできたようであったが、それだけのこと。オサキに命令することもできなければ、周吉のように不思議な力を使うこともできなかった。

周吉自身にしても、生まれたときからのオサキモチではない。ケケケとうるさいオサキもいなかった。

母が「クロと違って、かわいいオサキだねえ」と顔をほころばせる白オサキは、十五年ほど前に現れたものであった。それまで、オサキといえばクロのことであった。

オサキに憑かれたきっかけは何だったのかわからない。もしかすると、周吉が七つになる前に高熱を出して死にかけたことと何かの関係があるのかもしれない。そのとき、周吉は、

（おいら、死んじまうのかなあ……）

と、熱くさい布団にくるまっていた。意識が朦朧としていて、身体がふわふわとしていたことをおぼえている。

そんな周吉の枕元に、祖父とクロが立っていた。熱にうなされている周吉は、しゃべることさえできずに、ぼんやりと祖父とクロの姿を見ていた。祖父もクロも何もしゃべろうとしない。ただ、周吉のことを見おろしていた。

目を開けていることさえ辛かった。

そんな周吉の耳に祖父の声が聞こえてきた。

「わしに似てしまったのか」

相変わらずクロの声は聞こえない。周吉も声を出すことができず黙ったままだった。

「……」

祖父は言葉を続ける。

「死にはせんが、ふつうの人間ではなくなる」

「……」

周吉は暗闇に落ちた。意識を失う前に、ケケケッという声が聞こえたことはおぼえている。

翌朝、目をさますと、あれほど苦しかった高熱が消えていた。消えたのは高熱だけではなかった。祖父とクロが三瀬村から消えていた。父も母も、自分の親が消えたのにもかかわらず何もいわなかった。

そして、周吉の懐にはオサキが入っていた。

その数年後、周吉とオサキは三瀬村にいられなくなった。オサキモチがいると、村が飢えるという噂が流れたのだった。

雨の降らない日照りの年にそんな噂が流れた。食いものがあれば、笑い飛ばせるような話でも、米の育たない日照りのときには笑えない。あっという間に、周吉たちは村八分にされてしまった。

やがて村八分では済まなくなった。

「村から出て行け」

何度も脅された。

そのころの周吉は不思議な力を持ってはいたけれど、使い方を知らなかった。一方、村人たちは、祖父と黒オサキがいなくなって箍《たが》が外れてしまった。もしかすると、最初から三瀬村からオサキモチを追い出すつもりだったのかもしれない。一番の仲よしだった新市《しんいち》も、周吉を避けるようになっていた。新市の父は三瀬村の庄屋で、周吉を追い出したのも、この男だった。

新市の父はいった。

「オサキモチの世話をする余裕なんぞ、この村にはねえんだよ」

村人たちとのいざこざのあげく、周吉は父と母を失い、三瀬村を追い出されることになったのであった。

しかし、それは、また別の話。

七　冬庵

「不服でもあるのかね」

周吉が、のらりくらりと縁談の返事をせずにいると、安左衛門が珍しく主風《あるじかぜ》を吹かせるようなことをいった。

「いいえ……」

「はっきりいいなさいな」

奉公人に甘いと評判の安左衛門でも、自分の娘のこととなると必死らしい。このところ、毎日のように安左衛門に呼び出される。

「いや、そういうわけではありません」

周吉は正直にいった。

田舎育ちの親もいない周吉が、鵙屋のようなしっかりとしたお店に婿入りできるのだ。不服などいってはバチがあたる。

「だったら」

安左衛門は曖昧な返事を許さない。

周吉が困っていると、思わぬところから助け船が出た。今まで部屋の隅で静かに話を聞いていた、鵙屋のおかみさんのしげ女が口を挟んだ。

「ちょいとお待ちなさいな」

周吉がしげ女について知っていることは少ないが、垢《あか》抜けた物腰やしゃべり方から芸者あがりではないかと思っている。芸者のことなど、何も知らぬ周吉の考えることなので、まったくの的外れであるかもしれない。

ただ、古株の吉兵衛にいわせると、「おかみさんも、いろいろと苦労なさっているからねえ」ということになる。どんな苦労をしたのかについては、周吉も聞かなかったし吉兵衛もしゃべらなかった。とにかく、しげ女は、お琴の母らしく、勝ち気な女だった。

「周吉だって困っているじゃないか。おまいさんは普段はのんびりしているくせに、何かあると焦るのだから、困っちまう」

ごめんよ、周吉と、しげ女は笑いかける。

田舎者らしく、江戸の垢抜けた女に免疫のない周吉は、「へえ」などといいながら首を亀のようにすくめている。江戸で評判の男前の手代とは思えない。

情けないのは周吉だけではなかった。安左衛門は自分の女房の顔色を窺うようにいった。

「でも、おまえ……」

「大丈夫ですよ、心配なんぞしなくても」

ねえ、周吉やと、再び、笑いかける。

「へえ」と、周吉は意味もわからず返事をする。さっきから周吉は同じことしかいっていない。

「何が大丈夫なんだね、いったい」

安左衛門も首を傾げている。しげ女が何をいっているのか安左衛門もわからないらしい。

しょうがない男どもだねえ、としげ女は呆れ顔を見せながらも口を休めない。

「お琴は周吉のことを憎からず思っているのさ」

「まあ、それはそうだろう」

ふたりの間では自明のことらしく安左衛門は驚きもしない。鵙屋夫婦の言葉に周吉が驚いた顔をしていると、しげ女はいっそう呆れ顔になり、

「おや、嫌だよ。気がつかなかったのかい。呆れた男だねえ」

「気がつくも何も……」

「まあ、それはどうでもいいんですがね」

と、安左衛門が話に割って入る。安左衛門も周吉と同じように色恋沙汰《ざた》の話は苦手なのか、しゃべりにくそうな風情であった。

「お琴が周吉に惚《ほ》れているのと、心配がいらないのとに、いったい何の関係があるんですか」

自分の女房に馬鹿丁寧な言葉遣いをしている。

そんな安左衛門と周吉に、しげ女はからりとした笑顔を見せると、自信たっぷりにいったのだった。

「周吉だって、お琴のことを憎からず思っているんですよ」

○

周吉の話を聞いて、冬庵《とうあん》は「一緒になっちまいな、手代さん」と無責任なことをいった。

江戸には周吉の田舎の何倍もの人が住んでいる。当たり前といえば当たり前のことなのだが、人が多ければいろいろな人がいて、その中には不思議な人もいる。

その不思議な人が周吉の相談相手であった。まあ、相談相手といっても酒を飲みながらのことなので至って無責任だった。

ちょいと前にも、例の槍突きのことを話したら、「手代さんの考えているとおりだろうね」と意味のわからないことをいっていた。この日も、お琴との縁談のことを話すと、無責任な言葉が返ってきたのであった。

「しかしですよ」

「男と女のことに、しかしもかかしもないでしょう」

冬庵は酒を飲みながらいった。冬庵はもういい歳らしく、真っ白な頭をしている。町医者でありながら大名家にも出入りしている高名な医者であった。老人といっても、ただの老人ではない。

大名家からは薬礼をずいぶんと受け取っているはずなのだが、どこから見てもただの酒好きの老人。金持ちには見えない。粗末な服を着て、職人たちでにぎわう一杯飲み屋で酒を飲んでいる。

鵙屋の手代でありながら一緒にこの店に出入りしている周吉も、飲み屋のおかみには同類に見えるのか、くるたびにからかわれる。

「先生も手代さんもこんな場末で飲んでいないで、もっといい店へ行きなさいな」

「ここよりいい店なんぞ、知らん」

真顔で、冬庵はそんなことをいうのであった。

それはそれとして、この酒好きの老人の何が不思議なのかといえば、この老人にはオサキの姿が見えるらしい。

あれは数年前に周吉が手代になったときのこと。鵙屋の上得意だった冬庵は、その祝いにと周吉をこの一杯飲み屋に連れ出した。むろん安左衛門も承知のことであった。

それも当然のことで、こんなじいさんではあったけれど、冬庵は流行《はやり》医者。

「調合しさてお話の縁女の儀」

と川柳にもあるように、冬庵も縁談の仲介なんぞをしていた。いってしまえば、裕福なところに顔がきく。ありがたいことに、その裕福な連中を鵙屋へ連れてきてくれるのだ。そして、それ以上に、鵙屋のように武家相手の商いの場合、冬庵のようなお得意さんがいるといないとでは信用がかなり違ってくる。

「冬庵先生がいなかったら、鵙屋なんて、とっくの昔に潰れていますよ」

吉兵衛がそんなことをいっていたが、それはあながち大げさな言葉でもないようであった。

そんな事情もあって、安左衛門は至って愛想よく、周吉を飲み屋へ送り出したのであった。

「冬庵さんに酒の味でも教わっておいで」

小僧の時分から、周吉は冬庵のことが好きだった。だから、このときも喜んで同行したのだ。それ以来、ちょくちょくふたりは酒を飲みにくるようになったのであった。

「で、手代さん」と安酒で顔を真っ赤にしながら冬庵はいう。

「その懐に入っているやつは、何も食わねえのかね」

「え」

思わず、真っ正直に懐を押さえてしまった。もちろん周吉の懐にはオサキが入っている。

――だから、この医者は剣呑だっていっただろ。

オサキが懐で口を尖らしている。たしかに、オサキは冬庵に近づくのはやめておけといっていたような気もする。

懐を押さえて、おろおろとしている周吉の耳にオサキの冷たい声が聞こえた。

——面倒だから、殺しちまおうか。

まさか、こんなところで冬庵のことを罵るはずもないとは思うが、魔物だけあって何をするかわかったものではない。周吉は鋭い口調で命じた。

(よせッ)

「オサキさんも、こっちに出ておいで。さあ、美味しい油揚げをあげよう」

周吉の声に被せるようにして冬庵がいった。いつの間にか、冬庵の手には升屋の包みが握られている。

——あ、升屋の油揚げだ。周吉、升屋の油揚げがあるよ。

(おい……)

止める間もなく懐から白い粒が飛び出した。仔猫くらいの大きさに膨れ上がると、冬庵の足にまとわりつく。升屋の油揚げを寄こせと甘えているのであった。

そのオサキに油揚げを広げながら、冬庵は感心している。

「真っ白なオサキとは珍しいねえ」

「見えるんですか」

聞くまでもないことを聞く。

「寺の坊主より、ずっとたくさんのおろくを見てますからね」

不思議な生き物も見える、と冬庵はケロリとした顔でいった。少しもオサキに怯えていない。

「冬庵さん、怖くないのですか」

「怖いって……、このオサキはわたしのことを噛んだりしないだろう」

怖くなどないわな、と笑い飛ばす。冬庵にとっては、オサキもオサキモチも、たいした存在ではないらしい。少しも恐れている様子がない。

オサキモチは忌み嫌われている。狐霊が障って病気を引き起こしていると考えられているのだから、嫌われるのも当然のことであろう。ちなみに、オサキモチのいる家系と血縁関係を結ぶと、「クロに転落した」と縁切りをされることも珍しくはなかった。

冬庵のように、からからと笑っていられる者は滅多にいない。

それでも、冬庵にはオサキの姿は見えても、オサキの「面倒だから殺しちまおうか」という物騒な言葉は聞こえなかったらしく平然と笑っている。

――冬庵さんは悪いヤツじゃないね。

大好物の升屋の油揚げを見て、オサキはいつの間にか宗旨替えをしている始末。さっきまで、「医者」と呼んでいたのが「冬庵さん」になっている。

「手代さんは、ご自分がオサキモチだってことを気になさっているのかね」

冬庵の口調は相変わらず暢気な好々爺《こうこうや》そのものであった。

オサキモチという憑きもの遣いは恐ろしい、と世間では信じられており疎まれている。気にするのも当然であった。冬庵のように気にしない方が珍しい。

「まあ、男と女のことだから、手代さんが鴫屋のお嬢さんのことを嫌いじゃないのなら、もらったげなさいな。オサキモチだってことが気になるのなら、黙っていればよかろう」

あの世とやらまで持って行きなされ、などと冬庵はいうのだった。

まるで芝居の口上である。完全に酔っ払っている。

○

その冬庵が鬼隠しにあった。

最初は大人のこと。しかも酒好き冬庵。どこかで飲んでいるに違いないと誰ひとりとしてさがそうともしなかったのが、約束の日になっても大名家に姿を見せない。大騒ぎになった。

――冬庵さんのにおいなら、すぐわかるんだけどな。

冬庵に好感を持っているのか、オサキはさがしに行きたがる。もしかすると、冬庵が升屋の油揚げでも持っていると思っているのかもしれない。升屋の油揚げのこととなると、意地汚い。

油揚げのことはともかくとして、周吉も冬庵のことは気にかかっていた。鵙屋でも安左衛門が気を揉《も》んでいた。武家や裕福な商家に顔のきく冬庵のおかげで、儲けを出している鵙屋なのだ。

（少しなら消えても見つからないだろう）

外を見ると、都合のいいことに、そろそろ夕暮れが迫ってきている。薄暗い。これならば闇に溶けることができる。誰にも見咎《とが》められる心配はない。暮れ六つの鐘を聞くとさっそく、

（冬庵さんをさがしに行こう）

周吉はオサキを懐に入れたまま闇に身体を溶かした。これで誰も周吉のことを見ることはできない。

最初に、冬庵のにおいを感じ取ったのは、やはりオサキだった。

大川の橋の上でオサキは冬庵のにおいを嗅いだ。

尋常の人間ではないとはいえ、やはり、ずっと闇に姿を溶かしておくことはできない。だから、ときどき、闇から出るのだった。

オサキが声を上げたのは、周吉が闇から出た直後のことだった。

――稲荷神社の方に冬庵さんがいる。

オサキはいった。そして、オサキに曳《ひ》かれて稲荷神社にきてみると、

――血のにおいだ、周吉。

オサキの口から教えられるまでもなく、周吉は稲荷神社に漂う血のにおいを感じ取っていた。

(猫か犬でも死んだのかな)

この近くに、鬱憤《うっぷん》のたまっている人間がいるのか、この稲荷神社には人間に殺されたとしか思えない猫や犬の死体が転がっていることがある。

ときには猫や犬の死骸《しがい》が木にぶら下げられていることもあった。猫の死骸は、殊の外、よく見かける。

『猫を殺すと七代祟《たた》る』

この時代に魔性のものである猫を殺してしまった人間は怯える。中には、恐怖心か

ら狂死してしまった人間もいるという。

そんな猫の祟りを封じるための呪術的措置のひとつとして江戸で見られたのが、猫の死骸を吊すことであった。

江戸のこのあたりで行われていた猫の祟り封じの例は珍しいものではない。地方でも、「遺骸に銭六厘を添えて木にかける」「首を紐《ひも》などでくくって森の木にぶら下げる」などという方法がとられている。

周吉は血のにおいのする方向へ歩み寄った。

たいした意味があるわけではないのだが、いつも神社で動物の死骸を見つけると埋めてやることにしているので、このときも木に吊された猫だか犬だかを葬ってやるつもりだったのだ。

しかし。

——周吉、死んでいるのは冬庵さんだぞ。

その言葉も遅かった。オサキの言葉を聞いたときには、すでに周吉は医者の死体を目の当たりにしていた。

血まみれになった死体が稲荷神社のご神木に吊られていた。

首に太い縄《なわ》がくくられていた。冬庵の死体はぶらぶらとぶら下がっている。

「冬庵さん……」

叫んだつもりが周吉の声は頼りなかった。蚊の鳴くような声になってしまった。

今、この稲荷神社にいるのは周吉ただひとりだった。

たったひとりだった。

本当にひとりになってしまった。

もう自分のことをオサキモチだと知りながら一緒に酒を飲んでくれる人間はいない。

誰にもオサキモチだと打ち明けることはできない。

○

冬庵が鬼に喰われた……瞬く間に、そんな風聞が広がった。

周吉にその噂を教えてくれたのは、十郎《じゅうろう》という男だった。十郎はあのテキ屋の親分、佐平次の手下だった。

佐平次に万が一のことがあったときには、この十郎が跡目を継ぐといわれている男で、昔は〝匕首の十郎〟と剣呑な二ツ名を持っていたという。その〝匕首の十郎〟が、今では堅気の商人のような恰好をして、鵙屋の店先で周吉相手に立ち話をしていた。

「へえ、そんなわけで親分の機嫌が悪くて悪くて」

困っちまいますよ、と十郎は苦笑いをしてみせる。佐平次の一の子分とまでいわれている男とは思えぬ腰の低さだった。

厳つい容貌の佐平次とは違って、十郎はさらりとした二枚目だった。年恰好は周吉に似ている。

親分の佐平次が鴨屋へ顔を出すことは、滅多になかった。それというのも、

「あっしみたいなのが鴨屋さんなんかに出入りしちゃあ、迷惑でしょうが」

「そんなこと、お気になさらなくとも」

「いいや、商売の邪魔をしちゃあ、いけねえ」

佐平次は半ば本気、半ば冗談の顔でそんなことをいう。自分のような恐ろしい顔の男が鴨屋に出入りしていては、客に迷惑がかかるといいたいらしい。

テキ屋の親分のくせに、いやテキ屋の親分だからこそなのか、佐平次は細かく気を遣う。

そんなわけで、最近では愛想のいい十郎が鴨屋に出入りすることになっていて、鴨屋の主人夫婦にも奉公人たちにも評判がよかった。

「……しかし冬庵さんも、どうして、あんな寂れた神社で死んだのやら」

十郎は首をひねる。

冬庵の死体を見つけたのは、周吉なのだが、まさか鵙屋にいるはずの周吉が稲荷神社にいてはまずい。だから周吉は冬庵の死体に触れることなく、稲荷神社を後にしたのだった。

その冬庵の死体が発見されたらしい。

周吉が見つけたときよりも、ひどい状態で見つかったのであった。ところどころに嚙まれたような跡が残っていたという。

「そりゃあ、野犬の仕業でしょう」

周吉は馬鹿馬鹿しく思いながら、いった。誰がどう考えたって、鬼というよりは野犬の仕業であろうに、この近くの人々はおかしな噂を立てているらしい。そのおかげで、このところ、鵙屋では閑古鳥が鳴いている。お得意さまが、それもお店の近くで吊されて鬼に喰われたとあっては、客足が遠のくのも無理のない話であった。

「まあ、わたしもそう思うんですけどね……」

十郎はテキ屋というよりは、どこかの大店の手代のような口をきく。

「人の口に戸は立てられませんからねえ」

そんなことをいいながら、十郎は帰っていった。

（オサキ、おまえは齧ってないだろうね）

十郎を見送りながら、周吉はオサキに聞く。かつての周吉は、オサキは人間を齧ったりはしない、と信じていた。

だが、山の中を流離《さすら》えば、そのことが間違いだと嫌でもわかる。例えばオサキは腹が減れば平気で人を喰う。しかもオサキにいわせると、まずいが我慢して喰っているということになる。周吉とふたりで山の中に棲んでいたときも、オサキは周吉に隠れて、山の中に迷い込んできた人間を齧っていたのかもしれない。

――齧ってないよ。だって、冬庵さんはまずいだろ。

ふざけているわけでもないだろう。しょせんオサキは魔物なのだ。人間の尺度でオサキをはかる方が間違っている。そもそもオサキにとって人間など虫けらほどの価値もない。人間ごときを齧ったとしても、オサキは気に病んだりはしない。よくわからないが、そんな気がする。

今回の冬庵の死体にしても、オサキが齧った可能性はある。人間が理由なく虫けらを踏み潰すように、オサキも理由なく人間を齧るのだろう。

――ケケケケケッ。

オサキが笑った。

八　消えたお琴

鬼がお琴のことを狙っている。

そのことに周吉が気づいたのは、鵙屋で鬼を見かけたからであった。最初は座敷わらしかと思った。座敷わらしとは家によって姿が違い、鵙屋の座敷わらしは子鬼の顔をしていた。実際に鬼なのか妖精なのかは座敷わらし本人も知らぬであろう。座敷わらしが棲みつくと家が繁栄するといわれている。縁起のいい妖であった。

――へえ、おいらと同じだねえ。

「………」

オサキは放っておくとして、座敷わらしも尋常の人間の目には見えない。たしかめたわけではないが、周吉以外の者は鵙屋に座敷わらしがいることなど知らぬであろう。

この日も、昼間から座敷わらしがお琴の後をちょこまかとつきまとっていた。不思議なことにお琴は座敷わらしに好かれるらしく、年じゅう座敷わらしを連れて歩いている。お琴が右に行けば座敷わらしも右に行き、お琴が座れば座敷わらしも座る。かわいいものである。

座敷わらしがいるときは、周吉はオサキを奉公人の部屋の長持ちの中に入れておくことにしている。座敷わらしはオサキを見ると怯える。魔物として座敷わらしの何百倍も性質の悪いオサキなので、座敷わらしが怯えるのも仕方がない。

——周吉、おいらのことを閉じ込めるなんて、ひどいじゃないか。あんまりだよ、周吉。

オサキは長持ちの中で騒いでいる。周吉に閉じ込められたのが腹立たしいのか、ぎゃあぎゃあと喚いている。

（たまには長持ちの中もいいだろう）

そんなことをいいながら、周吉は紺色の前掛けを巻いた。

周吉は奉公人なので、ずっとオサキやお琴と遊んでいることはできない。座敷わらしにまとわりつかれているお琴を見ていては仕事にならない。

冬庵が死んで、客足が落ちたものの、周吉は忙しい日々を送っていた。客足が落ちたにもかかわらず、安左衛門は吉兵衛に暖簾分けする決心をかえていなかった。鵙屋

の内証《ないしょう》を気にして、遠慮している吉兵衛相手に、

「一度、口に出したことを引っ込められますか」

と、強がったりしていた。

吉兵衛の暖簾分けは、すでに噂になっていた。安左衛門でなくても、今さら、「暖簾分けは、よしました」などといえるわけがない。

長いこと勤めているとはいえ、安左衛門は主人で吉兵衛は奉公人にすぎない。主人の決めたことに逆らえるはずもない。

大黒柱の吉兵衛が抜けるとなると、周吉の責任はかなり重くなる。そんなわけで、オサキは長持ちの中へ、お琴とじゃれている座敷わらしもそのままに、周吉は鵙屋の手代として日常の仕事をはじめたのであった。

献残屋の手代といっても、店先の売り買いだけが仕事ではない。買い取った献上品や贈答品をきれいに包み直して、もう一度、売りものになるようにしたりと、細かい仕事も少なくない。吉兵衛も周吉に番頭としての心得や帳面のつけ方なんか教えたりする。山育ちだったということもあって、周吉はそろばんが得意ではない。

「もういっぺん、やってごらんなさい」

吉兵衛は許してくれない。やさしい顔をしているくせに、商いのことには手厳しい

吉兵衛であった。

　こうして、いつものように、忙しく働いていると――。

「うわあああああああああああああぁあぁあぁあぁあぁああ――」

　お静の悲鳴が聞こえた。小さくお琴の悲鳴も聞こえたような気がする。

「お嬢さんが、お嬢さんが」

　鵙屋の奉公人たちは悲鳴の方向へと駆けつける。珍しいことではないのだが、この日、主夫婦が寄り合いに出かけ、店には奉公人しかいなかった。

「お嬢さん、どうかなさったのですか」

　まっさきに駆けつけたのは、ついさっきまで周吉のことを叱りつけ、帳面のやり直しを命じた吉兵衛であった。相撲取りのようなでかい図体のくせに素早い。

　周吉も吉兵衛よりも遅れたものの、奥の部屋に駆けつけた。

　そこには――。

　真っ青になったお琴が血に濡れた右足を押さえて蹲《うずくま》っていた。足首あたりが、すっぱりと切れている。カミソリで切ったような鋭い傷であったが血の割には浅い傷のようであった。……周吉は、瞬く間にそこまで見通した。やはり尋常の人間ではない。

「ちょいと失礼します」

周吉は真っ青な顔をしているお琴に声をかけると、びりりと手ぬぐいを裂いた。お琴の細い足首に巻いて止血したのだった。医者などいない山の中を彷徨っていたこともあり周吉の止血は堂に入ったものである。

「いったい、何があったんですか」

血に弱いのか、吉兵衛がお琴に劣らず青い顔で聞く。情けないことに今にも卒倒しそうな顔をしている。

「何って……」

お琴もお静も当惑している。何が起こったのかわからないようであった。それでも周吉が重ねて聞くと、たどたどしい口調で口を揃えて同じことをいった。ふたりで散歩にでも行こうという話がまとまり、着替えるためにお琴の部屋に行く途中。突然、すぱんと空気が切れるような怪しげな音が聞こえたかと思うと、お琴の足首が血を吹いたということらしい。

「カマイタチでもあるまいに……」

そんな吉兵衛の言葉を耳にしながら周吉の目が素早く走った。周吉の鋭い目が動くものを捉えたのだった。

小鬼が走っていた。

お琴に懐《なつ》いている座敷わらしだと思って、見逃していた妖。どうやら座敷わらしではなかったらしい。口のまわりを鮮血で染めている。もちろんお琴の血であろう。

小鬼はどこかへ走り去ろうとしている。

（オサキ、オサキ、出ておいで）

周吉は長持ちの中に閉じ込めたオサキを呼ぶ。封印したわけでもないので、簡単に呼び出すことができる。

（早く出てきて、あの小鬼の後を追っておくれ）

周吉は命じた。

――閉じ込めたと思ったら、今度は遣い走りかい。

いつの間にか、オサキが周吉の懐で文句を垂れ流している。長持ちの中にいたはずなのに、素早いことである。

――おいらじゃなくて、座敷わらしに頼めばいいじゃないか。ケケッ。

ふて腐れているオサキだった。

（後で、升屋さんの油揚げをたらふく食わせるからさ）

オサキの機嫌をとるオサキモチも珍しい。

――本当だね。約束したからね。

食い意地のはったオサキはそんなことをいうと、懐から飛び出し、小鬼の消えた方角へと走った。

そして、数刻後。

——見失っちまったよ、周吉。

と、オサキが帰ってきた。

(見失ったって……。まさか)

オサキの力を知っている周吉には信じられない。

——面目ない。おかしなにおいが、おいらの邪魔をしたんだよ。

そういって、くしゃみをひとつするオサキであった。好物の升屋の油揚げを食い損なったことが悔しいのかもしれない。

——それに、鬼どもが集まっていたんだよ。

そんなことを恨みがましくいう。

(鬼が集まっていただって)

周吉は目を丸くする。

——うん。いっぱいいたねえ。

何匹かの鬼たちが鵙屋の前に集まり、オサキの追跡を邪魔したというのだ。

（ん……）

オサキから、かすかに血のにおいがする。オサキは何匹かの鬼を殺しながら尾行しようとしたらしい。

（無茶をするなあ）

いくらオサキであっても多勢に無勢。鬼に喰われてしまうことだってあり得る。どうもこのオサキ、自分の命を軽く考えているところがある。

オサキのことを家族のように思っている周吉にしてみれば、たまったものではない。オサキがいたから、周吉は父と母を失っても自分を失わずに、今まで生きることができたのだ。今回にしても、たった一匹の鬼の尾行なのでオサキを使っただけであり、鵙屋の外にたくさんの鬼たちがいるのなら、オサキを召喚したりはしなかった。

そんな周吉の気持ちも知らずに、オサキは鬼たちに負けたことをしきりに口惜しがっている。

――誰かが鬼を操っているみたいだよ、周吉。

そのことはいわれなくとも想像できた。どこかの誰かが鬼を操って、お琴を傷つけたのだろう。

周吉はため息をついた。

それから数日後の真夜中のこと。

再び、悲鳴が響いた。

「きゃあああああああああああああああぁ」

しげ女の声だった。

周吉は跳ね起きる。

ちなみに、番頭の吉兵衛はすでに通いで、永代橋《えいだい》を渡った先に住んでいる。鴫屋に寝泊まりしていない。周吉が奉公人たちの責任者であった。本来ならば、奉公人たちに命令をすべきなのかもしれないが、この闇の中、奉公人たちに命令をしたとしても、周吉のように自由自在に走れるわけもない。邪魔になるだけであろう。周吉ひとりで動いた方が早かった。

そんなことを知るはずもないしげ女なのに、大声で、

「周吉やッ。周吉やッ」

と周吉のことを呼んでいる。

安左衛門よりも肝がすわっていると評判のしげ女が、こんな悲鳴を上げるのだから、よほどのことなのであろう。

「ただいま、参りますッ」

周吉も大声で返事をする。

「周吉ッ。早くきておくれ」

安左衛門の声も聞こえた。しげ女以上に取り乱している。

ふたりの声はお琴の寝室から聞こえてくる。お琴の部屋で何かが起こっているらしい。

――眠たいよ、周吉。どうせ、また婿入りの話だよ。

こんなときなのに、オサキは口が減らない。

ちなみに、オサキは周吉の懐で眠っている。だから、周吉が起き上がれば、オサキも起こされることになる。

それが迷惑なのだろう。

――夜は、ちゃんと寝なけりゃあ、駄目だよ。

などと世迷いごとをいっている。

(文句の多いオサキだねえ。ちょいと黙っておいでよ)

オサキに構っている場合ではない。周吉はお琴の部屋へと急いだ。

お琴の部屋から、鵙屋の主夫婦の声が聞こえてくる。周吉はその声を頼りに、お琴の部屋に飛び込んだ。夜目のきく周吉なので、すぐにお琴の姿がないことに気づいた。

鵙屋夫婦は混乱しているらしく、行燈の火を入れることもしていない。真っ暗なお琴の部屋で喚いていた。

周吉は言葉をかけた。

「旦那さま、参りました。周吉でございます」

鵙屋夫婦を落ち着かせようと、いつもより丁寧に挨拶《あいさつ》をする。

懐では、オサキがもごもごと蠢いている。何かいいたいことがあるのかもしれない。

周吉はオサキを無視すると、お琴の部屋の行燈に火を入れた。

ぼーと頼りなくも暖かいような光が部屋の中に満ち溢れた。

やはりお琴の姿はどこにも見えない。

（また、願掛けに行ったのかね）

いつぞやのお琴の姿が思い浮かんだ。

（まさか）

自分でそれを打ち消す。願掛けにしても時刻が遅すぎる。いくらお琴でも冬庵の事件があったばかりのときに、こんな時刻まで帰ってこないはずがない。

いつかの槍突きや浪人のたぐいに襲われたのかと、ちらりと思ったが、

――槍突きなんかじゃないよ、周吉。

自信たっぷりにオサキはいう。

たしかに、槍突きや浪人は人さらいではない。人をさらうよりも殺してしまう方が、ずっと簡単であった。どこかでつながっているにしても、直接の下手人は槍突きどもではない。すると、残るは――

(鬼隠し……)

周吉の脳裏に木に吊された冬庵の姿が蘇る。

「何か、あったんですか」

遅ればせながら、騒ぎを聞きつけて、鵙屋の奉公人たちが集まりはじめる。

――周吉。

オサキの声が聞こえた。珍しく真面目な声を出している。

(オサキ、お琴さんがどこに行ったのか、わからないかい)

お琴が鵙屋の周辺にまだいるのなら、オサキはお琴のにおいを嗅ぎ取るはずだった。

――この近くに、お琴はいないよ。

オサキは断言する。

(……)

——ただ、鵙屋のすぐ外から女のにおいがするよ、周吉。

(女だって？　それはお琴さんじゃないのかい)

——お琴じゃないよ。

(じゃあ……)

——お静のにおいだよ。だけど、やっぱり、お琴のにおいはしないよ、周吉。

オサキはいった。

◯

お静が、この真夜中に鵙屋の外に立っているとオサキはいっているのだ。

「ちょっと、そこらへんを見て参ります」

おろおろとするばかりの鵙屋夫婦に声をかけて、周吉は夜闇に姿を溶かした。

オサキの嗅覚のおかげで、すぐにお静の居場所はわかるはずなのだが、万一、お琴を拐かした下手人が近くをウロウロしていたら危ない。念のため、周吉は姿を消したのだった。

下手人がいれば捕まえてお琴の居場所を聞き出すつもりであった。

この時代の夜は、暗い。文字どおり何も見えなかった。

とはいうもののオサキも周吉も闇には強い。

周吉の目にひとりの女の影が浮かんだ。オサキのいうように女以外の人影は見えないが、油断するわけにはいかない。

――お店の前には、お静しかいないよ。

魔的な嗅覚を持つオサキは断言する。

――鬼はいないよ。槍突きとか浪人もいない。お静のにおいしかしないよ、周吉。

お静のにおいが漂っているらしい。

周吉は小さくうなずくと、その人影に声をかけてみた。

「もし、お静さんですか」

女の影がびくりと震える。怯えている。これ以上怯えさせてはならないと周吉はやさしい声で、

「周吉です。さがしに参りました」

と、いった。すると、

「……周吉さん」

と縋るような声が聞こえた。

お静は勝ち気なお琴と違って、どこか気弱そうな娘で、いつもお琴に振り回されていた。その気弱なお静が、こんな闇の夜に、お店の外にひとりで立っているのは不思議な光景であった。

周吉はもう一度お静の周囲に人影がないかたしかめた。……誰もいなかった。

「周吉さん、どこにいるの」

お静が不安そうな声を出している。声は聞こえど姿は見えない周吉のせいで、いっそう不安に襲われているのかもしれない。ふつうの人間は、姿の見えない相手に不安を感じる。

実は、このとき、すでに周吉はお静のすぐ近くに立っていた。闇に溶けていたので、お静には見えなかっただけのこと。嗅覚の鋭い犬猫であれば、周吉の気配を感じ取ることができたであろう。

「お静さん、お嬢さんは一緒じゃないのかい?」

そんなことをいいながら、周吉は姿を浮かび上がらせた。

次の瞬間。

ひええ、とお静が悲鳴を上げた。

腰を抜かして、その場にへたり込むお静であった。

お静が腰を抜かしたのは周吉の責任である。誰だって、誰もいないと思っていた自分のそばに、突然、人が浮かび上がれば驚く。それも真夜中のこと。小娘であるお静が腰を抜かしても何の不思議もない。

「周吉ですよ。そんな化け物でも見たみたいに、驚かないでください」

実際、周吉は化け物のようなものなのであるが、お静がそんなことを知っているわけはない。お静にしてみれば、周吉はお店の手代にすぎない。その手代に腰を抜かしている姿を見られて恥ずかしいのか、ごにょごにょといいわけする。

「急に声を出すから……」

「お琴お嬢さんは一緒じゃないのかい？」

周吉はわざとらしく周囲を見回す。もちろんこの近くにお琴がいないことは、承知の上だった。

すると、お静は安心したのか気が緩んだのか、涙を零《こぼ》しながらいった。

「まだ、帰っていらっしゃらないんです」

○

泣きじゃくるお静を宥めつつ話を聞いてみれば、お琴は真夜中のお寺詣《もう》でを何日間だか続けるという誓いを立てて願を掛けているらしい。

馬鹿馬鹿しいといえばそれまでだが、よくあることといえばあることなので、お静の話を一緒に聞いていた安左衛門やしげ女も、お静を強く叱ることができない。

いくらお琴が願掛けをするといっても、夜中に鵙屋の戸が開いているはずはない。内側から心張り棒でしっかりと閉められている。周吉のような魔物に近い人間ならばともかく、お琴が自由自在に外に出られるはずがない。

しかしお琴にしてみれば願掛けに行きたいわけで、鵙屋を夜中に出て行かなければならない。そして帰ってきたときには安左衛門やしげ女に見つかることなく自分の部屋で寝たい。……そんなお琴のわがままのために犠牲になったのがお静だった。

「わたしは嫌だっていうのに、お嬢さんが……」

お静にしてみれば迷惑な話だ。

お静はお琴の付き人のようなもので、小さなころから生活を共にしている。お琴は主筋の娘であり、お琴の頼みを断れるはずがない。かくして、お静は鵙屋の外でお琴の帰りを待つことになるのであった。

「いつもは、帰ってくるころを見計らって、そっとお店の外に出るんです」

お静は説明した。

今日に限って、ずっと外に立っていたのは、やはり冬庵の事件のせいであった。鬼隠しの噂を耳にして心配になったお静は、外でお琴の帰りを待っていたのであった。

——怖いんなら、願掛けなんてしなければいいのにねえ。そんなのは迷信だしさ。

魔物のくせにオサキは分別くさいことをいう。

そうはいっても、まじないのたぐいを信じ切っている女に何をいっても無駄である。

「いったい、そんな寺を誰に聞いたのかね」

と安左衛門は首をひねる。願掛けに効く寺を知らないようだ。安左衛門は神仏に興味のある方ではない。

「どこのお寺さんに行っているんだね」

「それが……」

といいながら、また、お静は涙を零しはじめる。願掛けのお寺は秘密で、それを口に出すと願いが成就しなくなるといってお琴は教えてくれなかったらしい。

もっともな話であるが、それでも娘を心配する父親というものは身勝手なもので、

「それくらいのことは聞いておくものですよ」

などといっている。

これには周吉も鼻白んだ。奉公人が主人の娘に意見などいえるはずがない。騒ぎに起こされて、三々五々集まってきた奉公人たちも周吉と同じように鼻白んでいる。

そんな奉公人たちの気持ちが伝わったのか、

「お静を責めたってしょうがないだろうが」

八つ当たりは見苦しいよ、おまいさん。しげ女が安左衛門を窘める。夜の山の中をひとり歩きした過去から考えても、安左衛門にはどこか軽はずみなところがある。しげ女で鵙屋はもっているのかもしれない。

「周吉」と歯切れよくしげ女はオサキモチの名を呼ぶ。

「へえ」

「ちょいと、皆と一緒に、お琴をさがしてきてくれないかい」

周吉をはじめとする奉公人に頭を下げてみせる。それに釣られたように、安左衛門も頭を下げる。頭を下げることができるのも器量である。自分から頭を下げたしげ女は元より、釣られたとはいえ、主人の身分で、奉公人たちに頭を下げることができる安左衛門の器量もたいしたものであろう。

ちなみに、本所深川の連中がお上を頼らないのは、今にはじまったことではない。

お上やらに届け出ても、すぐにお琴をさがしてくれるわけではない。だから、自分たちで夜回りもすれば行方知れずになった娘をさがそうともするのであった。

「みんなも悪いね」

しげ女はいう。しかし、

――他の連中がいても、邪魔になるだけだよ。

オサキはいった。

しげ女としては、ひとりでも多くの人間でお琴をさがした方が早いと思ったのだろう。

――周吉とおいらだけでいいよ。

聞こえやしないのに、オサキはしげ女に口答えしている。

オサキのいうことに間違いはなく、周吉は尋常の人間ではない。暗闇の中でも目が見えるし、〝妖狐の眼〟という術まで身につけている。しかし、他の奉公人たちの目があっては、その術も使えなければ、闇に溶け込むこともできない。

簡単にいえば、足手まといなのである。オサキにいわれるまでもなく、周吉も、こっそりと顔を顰めた。

だが、そんなことをいえるはずもなく、周吉は他の奉公人と一緒に闇夜の中に出て行った。安左衛門としげ女も一緒にさがすつもりだったようだが、「鵙屋にお嬢さんが帰ってきたときに、出迎えてやってください」という周吉の言葉を聞き入れて、鵙屋にとどまることとなった。

そして。

予想に違わず他の奉公人は足手まといになった。

他の店のことは知らぬが、周吉の奉公している鵙屋は実力主義で、何年奉公していようとも手代にさえなれずに歳を重ねる者が珍しくない。実際、途中から入ってきた周吉に抜かれる者も多かった。今回のお琴さがしにも、周吉よりも年かさの者が入っていた。

「周吉つぁん」

吉兵衛とかわらぬ歳の弥五郎《やごろう》が、夜闇の中で周吉の名を呼んだ。弥五郎は陰気な男で、周吉はあまりこの男のことが好きではない。

周吉は、わざと改まった声を出す。

「弥五郎さん、お呼びになりましたか」

「お呼びにってほどのことじゃないんですけどね。周吉つぁんは江戸の人間じゃねえから、お嬢さんをさがし回るのも難しいんじゃねえかと思いましてね」

どうやら、弥五郎はお琴さがしを仕切りたいらしい。

鵙屋の主である安左衛門の方針で鵙屋には番頭はひとりしかいない。それに引き換え、手代は周吉に弥五郎、他にもいる。そして、その中から番頭になれるのは、たったひとり。弥五郎が周吉に敵意を持つのも仕方がない。そのくせ周吉が鵙屋へ婿に入ってしまった後のことを考えてなのか、年下の周吉に猫撫で声を出したりする。周吉が弥五郎を好きになれないのも仕方のない話であった。

ちなみにこの弥五郎、本業の商いではからっきし。せめてこんなときくらいは、点数を稼ぎたいのだろう。

周吉が鵙屋にやってこなければお琴の婿になるはずだったと、この冴えない小男は考えているのかもしれない。自分勝手なことだが、たいていの人間は自分勝手なものだ。そんなわけなので、

「そうですねえ……」

周吉は考え込んだ顔をしてみせる。

「もちろん周吉つぁんさえよければ、の話なんですがね」

弥五郎は卑屈な声を出す。

お琴さがしを頼まれたのが周吉であるのだから下手に出るしかないのだ。番頭の吉

兵衛が通いである以上、鵙屋に寝泊まりしている奉公人の中では、周吉の地位がもっとも高く主人夫婦の信頼も厚い。そんな周吉に上からものをいうわけにはいかない。

「お嬢さんを見つけるためには、その方がいいかもしれませんね」

周吉はそんなことをいってみる。足手まといの奉公人たちを弥五郎に押しつけるつもりなのだ。

「そうでしょ、そうでしょ」

周吉の気持ちなど知る由もない弥五郎は勢い込んでいる。周吉が、まだ、じゃあ弥五郎さんにお任せしますとも何ともいっていないのに、すでに周吉のかわりに指揮をとるつもりになったらしく、細々と指示を出しはじめる始末。

「わたしは邪魔になりますから、鵙屋のまわりでもさがしています……」

そんなことをいいながら、周吉は姿を消した。

○

物陰で様子を窺っていると、周吉の姿が消えたのをよいことに弥五郎が威張っている。鵙屋に寝泊まりをしている奉公人の中では、弥五郎は最年長であり誰も逆らおうとはしない。しかも奉公人たちは蜘蛛ノ介が槍突きを退治したことを知らない。だから、みな朱引き通りの闇に怯えていた。夜回りでさえ周吉に押しつけているくらいなのだ。

「ばらばらだと、危ねえからな」

などといいながら、ひとかたまりのまま、弥五郎たちは歩いていく。これでは人さがしではなく真夜中の頓珍漢《とんちんかん》行列でしかない。この広いお江戸のこと。手分けをしてさがしても見つかるかどうか定かではないのに、ひとかたまりのままでは枯れ草の中の針をさがすようなものである。見つかるはずがない。

（まあ、弥五郎さんじゃあ、あんなもんだろ）

苦笑しながら鵙屋の連中を見送った周吉は、不意に真顔になると、懐から白い粒を落とした。白い粒はすぐに狐くらいの大きさに膨れ上がった。闇の中でその白さは耀くほど目立つ。

もちろんオサキである。

――周吉、眠いよ。

闇の中でオサキは不平をいう。声が寝惚けている。

（お琴お嬢さんをさがしてきてくれないか）

周吉は命じた。

いくら周吉でも、この闇の中、短時間でお琴を見つけるのは難しい。しかし周吉の何倍もの嗅覚を持ち、好き勝手に空間を移動することのできるオサキであれば、お琴を見つけることなど造作もないはずであった。

オサキとしては、お琴だか何だか知らないが、そんなものをさがすような義理もない。眠っていた方がましだと思っている。しかしオサキ遣いである周吉に命じられてしまっては逆らうことができない。オサキとはそういうものなのである。

——ふん。お琴にも困ったものだねえ。こんな真夜中に散歩なんて、人騒がせにもほどがあるよ。

そんなことをいいながらもオサキが闇に溶けた。魔物であるオサキが闇に溶けると、周吉でさえオサキの気配を感じ取れなくなってしまう。

(オサキ、頼んだよ)

すでにいるはずのないオサキにいった。親のいない周吉はオサキに頼り切っているのかもしれない。

それから。

たったひとりになった周吉は姿を闇夜に浮かび上がらせた。弥五郎たちの目印になればと思ったのだった。闇夜に浮かび上がるというのは周吉の持っている術のひとつなのだが、こんなときにしか使い道がない。

不意に斬りつけられた。

ぎらり、と暗闇の中で刃が耀いた。

オサキを使役したことで安心してしまっていたのだろう。油断があったのかもしれない。周吉は自分の近くに人間がやってきたことに気づかなかった。

ふつうの人間であれば、斬り捨てられたのだろうが、油断していたとはいえ、周吉はオサキモチ。反射神経の命じるままにひらりとこれを躱したのだった。

さっきまで周吉が立っていた闇が斬り裂かれた。闇を斬り裂く音だけでも、背筋が凍った。槍突きや浪人どもと比べられぬくらいの鋭い太刀筋であった。

「誰ですか」

周吉は闇夜に通る静かな声でいった。

と。

風が吹いた。

運の悪いことに、周吉は風上に位置してしまった。これでは襲撃者のにおいを嗅ぐことができない。しかし魔物の気配はない。周吉を襲ったのは人間であるらしい。だとしたら慌てる必要はない。

「何かご用でしょうか」

「……」

襲撃者はしゃべろうとしない。

周吉としては、この襲撃者の正体を見極め、場合によっては妖狐の眼を使うつもりであった。

「どなたさまでしょうか。鵙屋に何かご用でございましょうか？」

闇夜に斬りつけられたくせに、周吉はこんなことをいっている。

周吉ならば襲撃者を倒すことなど簡単だ。しかし、万一、この襲撃者が鵙屋の関係者であった場合のことを考えると、まさかそんなことはできない。

重ねて、「どなたさまでしょうか」と聞くと、

「やっぱり猫を被ってやがったな」

周吉を襲った男は吐き捨てるようにいった。声色をかえているつもりなのか周吉に怯えているのか掠《かす》れた低い声であった。これでは誰の声だかわからない。

「はあ……」

「鵙屋から出て行け」

そういうなり、再び、闇夜にぎらりと刃が耀いた。

腕の立つ相手であっても、人間の放つ攻撃を躱すことくらいは容易《たやす》い。妖狐の攻撃さえ躱すことのできる周吉なのだから当然といえば当然のことであった。

周吉はひらりと刃を躱した。それから、

「危ないですよ」

ぼんやり者の鵙屋の手代の声でいった。

「……」

男は周吉の動きを見て気を引き締めたのか無言のまま刃物を身構えている。

(面倒なことになったね)

周吉は闇の中で顔を顰める。

この江戸の町では、周吉はあくまでも鵙屋の手代にすぎない。喧嘩の強い男でも度胸のある男でもない。

ただの商人なのだ。

その商人がまさか反撃するわけにはいかない。ただでさえ周吉を襲った男は周吉の見事な身のこなしに不審を抱いている。どこで周吉の正体がバレるかわかったものではない。

（殺してしまおうか）

思わず、そんな物騒なことを考えた。死人に口なし。殺してしまえば何の問題もない。

周吉の考えがまとまるより早く、男は刃をぎらりぎらりと耀かせながら周吉に斬りつける。

ひらりひらりと周吉の身体が蝶のように舞う。

男の刃はかすりもしない。それでも、男の動きは素早い。やはり並の人間ではないようだ。――いっそう厄介であった。

不意に背中を軽く、とんと叩かれた。

周吉は反射的に振り返る。

「――手代さん、こんな夜中に何をしてなさるんですかい」

蜘蛛ノ介が立っていた。

九　蜘蛛ノ介の夜歩き

蜘蛛ノ介がのほほんとした顔で立っていた。隠れ坂で団子を食っているときと同じような暢気な様子であった。もちろん周吉が闇討ちにあっている最中であることくらいは知っている。

「蜘蛛ノ介さんこそ、こんな夜中に何をなさっているのですか」

周吉はいった。

蜘蛛ノ介がこんな場面に現れたのは二度目である。田舎芝居じゃあるまいし、そろそろ神出鬼没の剣術遣いにも慣れつつあった。

このとき、蜘蛛ノ介が通りかかったのは、嘘か真実《まこと》かわからないが、偶然であったということである。

聞けば剣術の訓練で日没から日が昇るまでの間、ひたすら歩き続ける苦行があるという。ただ歩くのもつまらないので、団子仲間の若者が奉公しているという鴫屋を見にきたということらしい。……蜘蛛ノ介はそんなことをいっている。

「剣術というのも大変なんですね」

周吉と蜘蛛ノ介が暢気におしゃべりを交わしている間も、周吉のことを襲った男は動かない。

動けないのであった。いや――。

すでに男は周吉がただの手代ではないことに気づいている。それだけでも面倒なのに、おかしな老人まで現れた。しかも、その老人は刀を帯びている。

そう。

この日、蜘蛛ノ介も刀を帯びていた。

蜘蛛ノ介本人のいうことを信じるのならば、剣術の修行のためということなのであろう。考えてみればこんな夜更けに刀を差して歩く老人は危ない。しかも、すぐ刀を抜ける閂差《かんぬきざし》で立っていた。

「ジジイ、怪我したくなかったら消えな」

襲撃者は低い声で脅しをかける。

蜘蛛ノ介の痩せこけた身体を見て、ただの惚《ほう》けた老人だと思ったようだ。こんな夜闇の中を歩き回っている老人を見れば、誰でもそう思うかもしれない。

考えてみれば、妖の動きを見切る周吉でさえ、剣術の技を見るまでは蜘蛛ノ介をただの団子好きの老人だと思っていたのだ。

こんな夜更けに、はじめて蜘蛛ノ介のことを見た襲撃者が惚けた老人と勘違いしても無理ない。

「怪我はしたくないねえ」

また蜘蛛ノ介が間の抜けたことをいっている。剣術の神髄は韜晦《とうかい》。つまり自分の実力をいかに隠すかにあるといわれている。その点について蜘蛛ノ介は完璧であった。どこをどう見ても剣術の達人などには見えない。

「だったら消えな」

短気にも男は蜘蛛ノ介に斬りかかった。

(匕首か……)

このときはじめて周吉は襲撃者の武器を見分けた。つばのない短刀。つまり匕首であった。

この時代の破落戸の得物としては珍しくない。一般的な武器である。

その匕首を使って、襲撃者としては老人を脅かすつもりだったらしい。おそらく殺すつもりまではなかったのであろう。が――。

風が走った。

次の瞬間、襲撃者は右の胸のあたりを押さえて地面にうずくまった。

ぽたりぽたりと血が滴っている。

肋骨の上の肉を蜘蛛ノ介が斬ったのであった。

「柳生新陰流。闇燕《やみつばめ》」

蜘蛛ノ介はつぶやいた。

襲撃者も蜘蛛ノ介の実力を見誤るという間違いを犯したものの、そこは蛇。すぐに自分の勝てる相手ではないと思ったのか声も出さずに闇の中に消えて行った。やはりただのちんぴらではない。

「――手代さん」

息も切らせずに蜘蛛ノ介はいう。威風堂々。隠れ坂で団子をぱくぱくと食っていた老人と同じ人物だとは思えない。

「へえ」

「手代さんなら、今の男の後をつけられるでしょう。……お行きなさい」

蜘蛛ノ介はいった。

どうやら、この老人、お琴が消えてしまったという事情を知っているらしく、わざと襲撃者を斬り捨てなかったらしい。剣術を学んだ人間ならば理解できると思うが、殺さずに勝つことは難しい。いくら柳生の剣は〝活人の剣〟であるといっても、生かすよりも殺してしまった方が楽に決まっている。

「おれがいない方が、手代さんも存分に力を出せるでしょう」

どこまで知っているのか、蜘蛛ノ介はそんなことをいうと、懐から例の団子を出して食いつく始末。いったい、どこまで本気なのかわからぬ老人であった。

○

（オサキ、帰ってきてくれ）

蜘蛛ノ介の姿が消えると周吉はオサキを呼び戻す。

いくら周吉の嗅覚が鋭くとも、しょせん周吉は人間。血のにおいを追うことなどできぬ。男のことを追うためにはオサキの力が必要だった。すぐに、

――まだ、見つかってないよ。

オサキの声が聞こえた。まだオサキはお琴のことをさがしているらしい。

男に襲われていた周吉にしてみれば、オサキを放ってから長い時間が経っているよ

うに思えたのだが、実際には、あっという間だったのかもしれない。
その証拠にオサキの声はどこか不服そうであった。
――いくら、おいらだってそんなに早く見つけられるわけないだろう。
(いいから帰ってきてくれ)
周吉は意識を集中すると、離れた場所にいるオサキと話をすることができるので
あった。なぜ、こんなことができるのか周吉本人もわからないが、便利な能力である。
(襲われた。すぐに帰ってきてくれ)
周吉の言葉は短い。襲撃者の血のにおいが消えてしまうことを恐れているのである。
――身勝手な周吉だねえ。
そんなことをいいながらも、オサキが目の前に立った。さすがは魔物。あっという
間に帰ってきてくれたのであった。

○

江戸は城を中心に広がる武家の町である。本所深川は江戸ともいえぬ外れにあった。
大川の近くはにぎやかだが、東に行くと田畑や雑木林ばかりになる。草深いばかりで

何もない。

血のにおいを追いかけて、周吉とオサキは〝テキ屋の大親分〟佐平次の家へとたどり着いた。その家は田畑や雑木林に囲まれていた。ここらあたりに佐平次が住んでいることは知っていたが、やってきたのははじめてである。

――親分の家にしては、ずいぶんとボロいねえ。

オサキは佐平次の家の前に立ってまで減らず口を叩く。江戸にきてから減らず口が増えたような気がする。魔物のくせに口の悪い江戸っ子たちにかぶれたのかもしれない。

遠くから、蜆《しじみ》売りの声が聞こえる。そろそろ夜が明けるころであった。東の空が白くなりはじめていた。

――親分がお琴のことを攫《さら》ったのかねえ。

魔物らしくオサキには遠慮がない。一方の周吉は煮え切らない。

（たぶん、違うと思うけど……）

本来ならば、オサキの軽はずみな言葉を否定すべきなのかもしれないが、周吉のことを襲った相手の血のにおいが佐平次の家から漂ってくる。すると、オサキのいうようにお琴を攫ったのは佐平次だと考えるのが素直である。

しかし、周吉にはそれが信じられない。たしかに佐平次は堅気ではない。祭りの屋台だけではなく、いろいろと裏の稼業でも稼いでいるという。もしかすると拐かしくらいは日常茶飯事なのかもしれぬ。それでも、佐平次がお琴を攫うとは思えない。周吉は、佐平次の家の前で、ぐずぐずとしていた。そんな周吉の気持ちを知ってか知らずか、

――さっさとやっつけよう。おいらが親分のことを齧るからさ。

と、血の気の多い魔物はなぜか興奮している。これでは出入り前の破落戸である。

――それにしても、親分の家にしては、ずいぶんとボロいねえ。

オサキはしつこく話を蒸し返す。

釣られて、周吉も早朝の薄明かりの中、まじまじと佐平次の家を見てみた。オサキのいうとおりであった。

ここいらで佐平次といえば顔役。泣く子も黙る〝大親分〟である。ふつうに考えれば、もっと立派な屋敷に住んでいそうなものであった。

しかし目の前にある佐平次の家は、荒ら屋《あばらや》というと荒ら屋が怒り出してしまいそうなくらいボロい家だった。芝居に出てくるお化け屋敷よろしくそこらじゅうに罅《ひび》が入っている。裏長屋よりもひどい。

それでもよく見れば草はきちんと毟《むし》ってあるし、掃除もしてある。手入れは十分に行き届いているといえないこともないのだが、如何せん建物が古すぎる。いくら磨いても古いものは新しくならない。

(本当に、親分の家なのかねえ……)

周吉には信じられない。

あの粋な佐平次がこんな荒ら屋に暮らしているとは思えないのだった。が、何度見ても、見おぼえのある半纏《はんてん》が家の中に干してある。佐平次のにおいも漂っている。

佐平次の家に間違いはないらしい。

「しかしなあ……」

まだ周吉は渋っている。そんなことをしていると、

「──おや、これは鵙屋の手代さん。こんな朝から何かご用でしょうか」

耳に馴染んだ十郎の声が聞こえた。

朝の掃除をいつかっているのか、十郎が竹箒《たけぼうき》を持って門の前に立っていた。オサキとの会話に夢中になって、十郎が目の前にやってきたことに、周吉は気がつかなかった。

「十郎さんはこんな早くから掃除ですか」

周吉はその場を誤魔化す。江戸の商人になってから、その場を取り繕うことをおぼえた周吉なのであった。しかし、

――血のにおいがするよ、周吉。

（えッ、血のにおいだって）

――血のにおいが、ぷんぷんするよ、周吉。

懐でオサキが不快そうな声を出す。嗅覚が人間の何千倍も発達しているオサキはにおいに敏感だった。

「手代さん、どうかしたんですかい？」

思わず、周吉が十郎のことをまじまじと見つめてしまったためか、十郎の目が細くなった。警戒心を持たれてしまったらしい。

オサキと一緒に育った周吉も、並の人間よりははるかに鋭い嗅覚を持っているが、やはり人間は人間。その嗅覚はオサキよりは格段に劣る。

が、オサキの言葉を聞いたためか、周吉は自分の身体にまとわりつく嫌な空気を感じ取った。

だから、周吉は身体をひねった。

しゅんと音が聞こえた。さっきまで周吉の身体があった場所を十郎の匕首が切り裂

いたのだった。

ぱらりと十郎の着物がはだけた。

十郎の胸には血の滲《にじ》んだ包帯が巻かれている。オサキが感じ取った血のにおいはこれだったらしい。――もちろん、蜘蛛ノ介に斬られた傷であろう。

「やっぱり、猫を被っていやがったんだな」

暗闇の中で聞いた声と同じ声が耳に届いた。周吉を襲った男は十郎であったらしい。

「十郎さん、いったいどうして……」

周吉にはわけがわからない。どうして十郎に襲われなくてはならないのか、その理由が、さっぱりわからないのであった。

「……」

十郎は黙り込んだまま、低い姿勢で匕首を構えている。〝匕首の十郎〟の二ツ名は伊達《だて》ではない。匕首を構えたまま包帯に真っ赤な血を滲ませて、ひたひたと周吉のことを睨みつけている。……ものすごい迫力であった。

――おいらが齧ろうか。

周吉のことを心配したのか、血が騒いだのか、険しい口調でオサキが口を挟む。

（まさか）

周吉は思う。

こんな朝からオサキを使うわけにはいかない。しかも十郎がなぜ自分のことを襲うのかわからぬのだ。何のからくりも見えていないのに、十郎を殺してしまうわけにはいかない。

(さて、どうしたものかねえ)

周吉が悩み固まっていても時は止まらない。目の前の十郎も、渾身《こんしん》の力を込めて周吉のことを切り裂こうとする。

(仕方ないか)

周吉はそう思うと、ゆっくりと眼を閉じた。再び、〝妖狐の眼〟を使うつもりであった。しかし――。

次の瞬間――。

十郎の身体が宙に舞った。

鳥でもあるまいし十郎が空を飛ぶわけはない。すぐに地面へ身体を叩きつけられるようにして十郎は落下した。

十郎のことを、柔道の技のようなものを使って放り投げたのだ。

「ぐえ」

蛙《かえる》を踏み潰したような悲鳴が十郎の口から漏れる。追い打ちをかけるように、ぐしゃりと、大きな足が十郎の身体を踏む。

きゅうと十郎の身体から空気の抜ける音が聞こえた。

——十郎さん、潰れちまうよ。

さっきまで十郎のことを罵ろうとしていたくせに、あまりに情けない十郎の悲鳴を聞いてオサキが心配そうにいった。

「…………」

さすがの周吉も言葉が出なかった。

それにしても。

「ぐうえぇうえぇぇぇぇぇぇぇぇぇぇぇぇぇぇぇぇぇぇ」

十郎は息も絶え絶えであった。

魔物に心配されるくらい十郎はひどいことになっている。地面に身体を叩きつけられ、その上、踏みつけられている。

しかも力いっぱい踏んでいるのか、踏んでいる男の体重が重いのか、十郎は地面にめり込まんばかりであった。夜中に蜘蛛ノ介に斬られた傷から出血が再びはじまったらしく、包帯を通して十郎の着物を赤く染める。

——このままじゃあ、死んじまうよ。

オサキはいった。周吉もそう思った。だから、

「十郎さんが死んじまいますよ」

と言葉を挟んだのであった。しかし、

「死んじまえばいい」

十郎を踏んでいる男、つまり佐平次は、冷たくいい放ったのであった。

この佐平次も不思議な男で、テキ屋の親分という商売をしている割には、何かと評判がよろしい。堅気の町人たちだけではなく、テキ屋仲間にも評判がいい。他のテキ屋の集団と縄張り争いをしたという話も聞かない。

仕事のない日などは、近所の子供と遊んだり年寄りの話し相手をしたりしている。でかい身体をして子供に叱られたりしているのだから驚く。

「あれは見かけ倒しだよ」

そんなことをいう者も少なくはない。

実は周吉もそれに近い感想を持っていた。「見かけ倒し」とまではいわないが、「あまり喧嘩や暴力が好きではないのだ、きっと温厚な男に違いない」と勝手に決めつけていたのである。

しかし、である。目の前で十郎を踏みつけている佐平次は、ただでさえ赤い顔を真っ赤に染めて、まるで地獄の鬼のように恐ろしかった。どこをどう見ても温厚な男には見えない。

「てめえなんぞは死んじまいな」

佐平次は十郎を踏みつけながら、そんな言葉を吐き捨てる。凶悪な顔をしていた。町人の子供相手にお馬さんになって遊んでいる男と同じだとは思えない。

「親分、堪忍してくれろ」

このままでは殺されてしまうと思ったのか、十郎は必死に命乞いをする。声を出すのも苦しいはずなのに、必死に、ここぞとばかり佐平次に詫《わ》びを入れている。しかし佐平次はよほど怒っているのか許さない。

「ならねえな」

「そんな……」

そんな佐平次と十郎のやりとりを聞きながら、わけがわからないのは周吉とオサキであった。いったい、誰が味方なのか、そして、何がどうなっているのかもわからなかった。

「あの……、親分さん」

周吉はおずおずと佐平次に声をかけた。

「手代さん、すまねえな」

右足で十郎を踏んづけたまま、佐平次は頭を下げる。その弾みで体重がかかったのか、十郎が佐平次の足の下で、ムギュッなどといっている。――憐れであった。

「あの、何がなんだかよくわかりませんが、そんなもんで十郎さんのことを勘弁してやってくれませんかねえ」

思わず十郎に同情してしまった周吉である。匕首で斬られそうになったのに、ちっとも根に持っていない。馬鹿なのか懐が深いのかよくわからぬ男である。

「何がなんだかわからねえって」

佐平次が獅子のように吼《ほ》える。

――ひっ。おっかないおっさんだねえ。

懐で何の関係もないオサキが怯えている始末。魔物であるオサキを怯えさせるのだから、佐平次もたいしたものであった。

「すみません」と周吉も頭を下げたりしている。殺されそうになった人間のすることではない。

そんな周吉に毒気を抜かれたのか、急に佐平次はいつもの穏やかな顔に戻って、本当に相変わらずの暢気な手代さんだねえ、と苦笑した。

それから、少しだけ厳しい声で、

「やい、十郎。手代さんが、ああおっしゃっているから、命ばかりは助けてやらあ。……さっさと立ちやがれ」

と、子分のことを無理やり立たせたのであった。それから苦虫を噛み潰したような口調で続けた。

「横恋慕しやがったんだよ、この馬鹿が」

ぽかりと佐平次は十郎の頭をはたく。叩かれた十郎は「へえ」などといいながら畏《かしこ》まっている。

周吉は意味がわからない。十郎が誰に横恋慕して、どんな経緯で自分が襲われたのかもわからない。

「横恋慕……と申しますと？」

「この手代さんときたら、本当に何にもわかってやしねえ」

佐平次は頭を抱える。周吉の鈍さに呆れているようであった。

「鵙屋のお嬢さんに惚れちまったらしいんだよ」

「え。お琴お嬢さんに……」

まさかという言葉を周吉は呑み込んだ。

周吉にしても、お堅い商人の鵙屋のひとり娘にテキ屋の十郎が惚れるはずはないと思っていたのだった。自分だってオサキモチのくせに、心のどこかで十郎たちのことを軽んじていたのかもしれない。卑しいといえば卑しい話。——周吉はそんな自分を羞《は》じた。

「鬼隠しの騒動だっておめえなんだろ?」

佐平次はいった。

「う……」と十郎の顔色がかわった。

佐平次の言葉は正鵠《せいこく》を射ているらしい。十郎は佐平次から目を逸らすと、掠れた声でいった。

「親分、ご存じだったんで……」

「ご存じも何も、そんな頭の回るヤツはおめえくれえしか思いつかねえや」

佐平次の口調は十郎のことを褒めているようにも聞こえる。

「——じゃあ、子供たちを攫ったのも十郎さんなんですか?」

周吉は思わず口を挟む。

そもそも子供たちが鬼隠しにあったというところから、この話ははじまっている。

「まさかまさか」

匕首で周吉のことを襲った鬼畜とは思えぬ、商人のような口調に戻って、十郎は首を振る。

「いくらあっしでも、子供を拐かすなんてしませんよ」

佐平次に負けぬくらいに、十郎は子供好きで通っていた。子供の拐かしなどできるわけがない。

「それじゃあ、いったい」

「おめえは、ただ鬼隠しの噂を流しただけなんだろ？」

子供なんぞ拐かすはずがねえよな、と佐平次は半ば脅すようにいったのであった。

「へえ」

十郎は首をすくめた。

ようやく、からくりが見えてきた。佐平次に何かあれば次の親分は十郎。佐平次にケチがついて得をするのは、十郎であった。鬼隠しの噂を流し、祭りの邪魔をしたのである。

「堅気のお店に顔を出すのは、この十郎の仕事だしな」

ぽりぽりと佐平次は鼻の頭を掻《か》く。

例えば鴫屋にやってくるのも十郎であった。気を遣う佐平次のことなので、おそらく他の店への出入りも恐ろしい顔の自分ではなく、真っ白な男ぶりの十郎に任せていたのであろう。

つまり、十郎は噂を集めやすく、そして流しやすい立場にあったのである。

「そこまでして、親分になりたかったのですか」

思わず周吉は聞いていた。周吉にしてみれば、世話になった佐平次を追い落としてまで親分の地位を狙う十郎の気持ちがわからないのであった。

周吉の聞き方があまりに直截《ちょくせつ》だったためか、ふんとばかりに十郎は鼻白んだ。面白くないのであろう。

「そりゃあ、手代さんは恵まれていらっしゃるから」

「恵まれている……」

だって、そうでしょ、と十郎は子供のような口調になる。

「あっしと同じ流れ者なのに、鴫屋の旦那に好かれて手代さんどころか、末は鴫屋に婿入り、若旦那。――そりゃあ、あっしみてえに腹黒い真似しなくってもいいでしょう」

十郎は周吉のことを嫉《ねた》んでいるのである。

「そんな……」

自分が恵まれているなどと考えたこともない周吉は口ごもる。

懐で、オサキがケケケと笑いながら、

——若旦那は恵まれているものねえ。

などといっている。十郎に責め立てられている周吉のことを面白がっている。薄情な魔物であった。

「せめて、テキ屋の親分にでもならなきゃ、鵙屋に挨拶にも行けやしねえ。お嬢さんをくださいなんぞ、夢のまた夢ですよ」

そういうと、十郎は、再び、懐からぎらりと耀く匕首を取り出した。

「十郎」佐平次が困ったような声を出した。

「安心してくだせえ、親分」

十郎はすらりと指を地面についた。講談や芝居の中の任侠者が仁義を切るときのような姿であった。

「あっしは堅気の衆に手は出しやせん。誰も殺しちゃいませんし、これからだって誰のことも殺すつもりはありません」

「おう」と返事をする佐平次。

その佐平次の返事に納得したように、十郎は微笑むと、

「オトシマエとやらをつけさせてもらいやす」

というやいなや匕首を自分の首に押しつける。剛気なことに、自分で自分の首を斬り落とそうというのだ。

もちろん、〝匕首の十郎〟と二ツ名をとった男の匕首。

その切れ味は半端なものじゃないはず。

その匕首に力を込めたのだから堪《たま》らない。十郎の首はすっぱりと胴体から離れ……。

その瞬間、銀色の疾風が走った。

「危ねえことをするんじゃないよ」

渋い声が聞こえた。

どさり、とその声が合図であったかのように十郎の身体が崩れ落ちる。

「おい」と、子分のことを心配した佐平次親分が駆け寄る。

「死んじゃあ、いないよ」

親分さん、今のは峰打ちだよ。……そんな声が聞こえた。そして、オサキは峰打ちという言葉に笑い出す。

――周吉、またお江戸の洒落だよ。おっかないじいさんがいるよ。ケケケケケッ。

いつの間にやら、蜘蛛ノ介が立っていた。

十　ふたりの韋駄天

「先生、どうしてここに、いらっしゃるのですか」

佐平次は目を丸くする。しかも、なぜか、佐平次は蜘蛛ノ介のことを「先生」と呼んでいる。

「その先生ってのやめてくれねえか」

照れ臭そうに蜘蛛ノ介は頭をぼりぼりと掻いている。どうやら、このふたり知り合いらしい。

「――やっぱり、親分さんとこの若い衆かい？」

匕首を持ったまま地面に倒れている十郎を顎《あご》でしゃくりながら、蜘蛛ノ介はそんな質問をする。

佐平次は「先生、実は」と、ごくごく簡単にここまでのことを説明する。

話を聞けば、この蜘蛛ノ介、ちょいと前に、川越の近くで剣術道場に居候をしていたことがあり、一時期佐平次が通っていたらしい。そのときに佐平次のお供でやってきた十郎にも蜘蛛ノ介は稽古《けいこ》をつけてやったことがあるという。十郎の太刀筋をおぼえていたのだろう。

それでも闇夜に光る匕首を見ただけだったので、最初はぴんとこなかったが、団子を食っているうちに、ようやく、「あれは親分さんところの若い衆じゃないか」と思いつき、周吉の後を追うようにして佐平次の家にやってきたという顚末《てんまつ》であった。

「へえ、このたびはうちの若い者《もん》がとんだことをしでかしまして」

佐平次は小さくなっている。

その佐平次を「まあまあ」と蜘蛛ノ介は宥めると、こんなことをいい出した。

「そちらの手代さんを襲ったのはともかくとして――」

周吉が尋常の人間ではないと感づいている蜘蛛ノ介なので、周吉が襲われたことは問題にもしていない。

「その若い衆は、誰も殺めちゃいませんよ」

と蜘蛛ノ介は断言する。佐平次の子分であるということから、十郎のことまで信頼しているのかもしれぬ。

「それじゃあ、お琴お嬢さんはどこに――、それから、冬庵さんは誰が殺めたんでしょうか――」

十郎を犯人だと決めつけていた周吉は慌てたような口調でいう。これでは振り出しに戻ってしまう。

「ちょいと待ってくださいな」

十郎が口を挟んだ。

今度はお江戸の洒落ではなく、本物の峰打ちだったらしく、十郎は地面に転がったまま、妙に吹っ切れたような口調でこんなことをいった。

「あっしが、どうして、冬庵先生のことを殺める必要があるんですか」

「……」

周吉は言葉に詰まる。

そういわれてみればそのとおりで、十郎と大名御用達の医者冬庵の間には何の関連性もない。

はたして、何の関連性もない人間を木に吊す人間がいるのだろうか。周吉は頭を抱えた。

――面倒くさいねえ。

オサキが文句をいっている。

あっしがこんなことをいうのも何ですが、と佐平次が口を挟む。

「冬庵先生からは、祭りのたびにご祝儀を頂いておりまして」

つまり佐平次たちにとって、冬庵は金主であったらしい。金がものをいう親分稼業。

――とすると、佐平次の地位を狙う十郎が金主を殺すというのもおかしい。

「そんな生臭せえ話だけじゃねえさ」

蜘蛛ノ介がいった。

「そっちの若い衆なら、そんな面倒な殺し方をしなくたって、闇の中でズブリ。……それでおしめえじゃないのかね」

――その方が楽でいいよね、周吉。

オサキがそんなことをいっている。

ついさっき十郎は、堅気の衆のことを殺すような真似はしないといっていたのだが、この言葉にはウラがあるのは周吉にもよくわかった。

ウラ、つまり十郎は堅気の衆以外なら殺したことがあるということなのだ。〝匕首の十郎〟と剣呑な二ツ名を持つ男のこと、蜘蛛ノ介のいうように殺すのなら、わざわざ人目につかない寂れた稲荷神社まで誘い出さなくとも、闇の中で刺し殺せば十分なのである。いわんや、木に吊す必要などない。

いめえ」
「手代さんだって、前に一度、辻斬り槍突きのたぐいに殺されかかったのを忘れちゃ

蜘蛛ノ介はいった。蜘蛛ノ介が辻斬り槍突きどもを皆殺しにしてしまったときのことをいっているようであった。

「あれはこの若い衆の仕業さ。浪人どもに槍突きのふりをさせて手代さんを殺そうとしたんだろ?」

「十郎ッ」と佐平次が目を剝いた。

再び、「ひぇえご勘弁を」と悲鳴を上げると、十郎は蛙のように地面に額をこすりつける。やはり、あの辻斬り槍突きどもは、十郎の手配したものであったようだ。

佐平次は器量人であったが、他人を信じやすいところがあった。いわんや自分の子分の十郎。信じ切っていたのだろう。恐ろしい顔を真っ赤にして怒っている。

十郎につかみかかろうとしている佐平次を蜘蛛ノ介は軽く制した。

「もう昔のことさ。終わっちまったことをいっても仕方あるめえ」

斬り殺して川に放り捨ててしまったことなど、すっぱりと忘れてしまっているようであった。ひどいじいさんもいたものである。

斬り殺された辻斬り槍突きどもには申しわけないが、今はそれどころではない。周

吉も頭を下げる十郎を軽くいなすと、お琴のことに話を戻した。

「それじゃあ、お琴お嬢さんは？」

佐平次は珍しく自嘲《じちょう》するようにいった。

「いくら鵙屋の顔なじみだって、あっしたちみてえな破落戸のいうことを信じて、真夜中に家を出るわきゃあ、ありやせんよ」

いわれてみればこれもそのとおりで、いくらお琴お嬢さんでも十郎の言葉を頭から信じるような真似はしないだろう。少なくとも、誰かに本当にそんな神社があるのかと聞くはずである。よほどお琴が信頼している相手から神社の話を聞いたのであろうか。

じゃあ、いったい……周吉は頭を抱える。

「お琴お嬢さんと気安く話せて、……しかもお嬢さんがその人のことを信じて真夜中に家を出るような人なんて」

犯人さがしをしている場合じゃないだろと蜘蛛ノ介が口を挟んだ。

「さっさと、そのお琴お嬢さんのことをさがさなきゃならねえんだろうが」

「でも……」

鵙屋の奉公人たちがさがし回っているのに、いまだお琴は見つかっていない。

ついさっき、気のきく佐平次が小者を鵙屋に走らせてくれたのであった。聞けば鵙屋は大騒ぎの最中であるらしい。

「お琴お嬢さんはどこに行っちまったのか……」

周吉は弱音を吐く。匕首で自分のことを襲った男。つまり十郎がこの騒動の黒幕だと思っていたのだ。

だからオサキも呼び戻した。

それなのに、お琴の行方はわからない。手がかりさえなかった。

「……お嬢さんも、願掛けだか何だか知りませんが、何も真夜中に出ていくこともねえのに」

思わず愚痴をこぼす周吉であった。

「願掛けだって？」

鋭い声で蜘蛛ノ介が問い返す。

些末《さまつ》なことと、お琴が真夜中に家を出た理由までは話していなかったのだ。それがまずかったらしい。

その証拠に、佐平次と十郎も、「そいつを早くいいなさいな」などと呆れ顔で口を揃えている。

「心当たりがおありですかい？」

まあ、堅気の旦那衆はご存じなかろうがね、と納得顔で蜘蛛ノ介はいうと、

「真夜中に願掛けに行くとなりゃあ、〝鬼寺〟だろうな」

と結んだ。

○

飆風《つむじかぜ》のように——。

佐平次からこの鬼寺の話を聞くと、周吉は旋風のように走った。

お琴への愛情があって走ったのか、鴫屋の主への恩から走ったのか周吉自身もわからない。

とにかく走ったのであった。

周吉の足は韋駄天《いだてん》。

そして周吉はオサキモチ。

尋常の人間ではない。——とにかく速い。尋常の人間がついてこられる速さではないはずなのである。

ところが、周吉のすぐとなりを走る影がひとつ。

「手代さんは、ずいぶんと足が速いんだねえ」

ちらりと横を見ると、周吉とまったく同じ速度で蜘蛛ノ介が走っていた。

蜘蛛ノ介は団子を食っているときと少しもかわらぬ涼しい顔をして、「ここまで首を突っ込んだのだから、最後までご一緒しましょう」などといっている。

「蜘蛛ノ介さん……」

周吉は言葉に詰まる。

――お江戸のじいさんは足が速いんだねえ。

オサキも目をぱちくりさせている。周吉と同じ速度で走ることのできる人間など見たこともなかったのだ。しかもその人間がよりによって、老人なのである。

しかし、この場合、驚く周吉やオサキが無知なのであった。

柳生新陰流には遁走《とんそう》の術というものがあり、いわゆる忍びのような技も鍛錬する。柳生蜘蛛ノ介ほどの達人であれば、オサキモチと同じ速度で走ることなど造作もないことであった。

例えば、〝江戸柳生の始祖〟柳生但馬守宗矩《たじまのかみむねのり》の嫡男、柳生十兵衛《じゅうべえ》三厳《みつよし》。小説やら講談やらで有名なこの十兵衛、子供のころから獣のように野山を走り回っていたという。

その脚力たるや、戦場を駆け巡る軍馬よりも速く走ることができたというのだから、オサキモチごときが敵うはずもない。

事実、周吉は限界で、ひいひいと息も上がっているというのに、蜘蛛ノ介には余裕がある。蜘蛛ノ介ときたら、のんびりとした声で、

「商人にしておくのは惜しいねえ」

などと軽口を叩いている。

――周吉は軟弱だねえ、ケケケケケッ。

オサキが笑った。

○

「こんなところに寺があったのですか……」

田舎者の周吉は目を丸くする。

その寺は、鵙屋から朱引き通りを抜けて、ちょいと歩いたところにあった。鵙屋の近くといってもよい場所にあった。

三瀬村と違い、江戸の闇は測りがたい。思わぬ場所に思わぬものが眠っている。そ

して、どこに何が眠っているのか、周吉には予測もつかない。

この周吉のような田舎者はその寺の存在さえ知らなかった。

鬼に縋るというのはおかしいような気もするが、〝おに〟と〝かみ〟を同義として扱うのは、この時代の民にとっては、何の奇異もないことだった。神であろうと鬼であろうと供養してくれるのなら縋ってしまうのが貧乏人であった。

田舎者の周吉は知らないだろうが、自分たちは平将門《たいらのまさかど》の子孫だというのが江戸っ子の誇り。平将門が鬼の子孫である以上、江戸っ子の自分たちも鬼の子孫であった。節分に「鬼は外」ではなく「厄は外」というほどであった。寺と結びついている鬼であれば、江戸っ子が恐れるはずはない。

それはそれとしても、

「死体どうこうよりも、飯を恵んでもらえるのさ」

蜘蛛ノ介は教えてくれる。この寺では食えない貧乏人に飯を恵むらしい。そして――。

その鬼寺の境内に空気の濃密な場所があった。

無縁塚であった。

塚といっても、濠《ほり》のように鬼寺の外縁に沿って土を穿《ほじく》り返してあるだけで、

「こんなに荒れちまったのかえ……」

かつての鬼寺のことを知っているのか蜘蛛ノ介は絶句している。

たしかに荒れていた。

鬼寺には手入れをする人間がいないのか荒れ放題であった。雑草は我が世の春とばかりにくねくねと歪み伸びきり、鬼寺のお堂は最初からこうなのか、それとも近隣の百姓どもが盗んで薪《まき》にでもするのか、その壁や屋根が引き剝がされている。引き剝がされた暗闇からは瘴気に充ちた腐った臭いが漂ってくる。その上、無縁塚があるためなのか蟲《むし》が蠢いていた。蟲どもが鬼寺の境内を我が物顔で這い摺《ず》り回っている。

ひどいものだった。

オサキがいった。

――お琴のにおいがするよ、周吉。

（お嬢さんはここにいるんだね）

周吉の声に懐でオサキがうなずいた。

――それから……。

珍しくオサキは躊躇《ためら》っている。「それから」の続きを口にしようとしない。周吉はオサキの言葉を促した。

(それから……)

——鬼もいる。

(鬼だって。どこにいるんだい)

——墓の中。

周吉は思わず無縁塚のある方角に目をやった。

ぽとり。

ぽとりぽとり。ぽとぽとり。

ぽとり。

と、かすかに何かが落ちている音が聞こえる。

無縁塚の脇には、樹齢何百年とも見える大きな木がある。どうやら、ぽとりの音はそこから聞こえているらしい。

「何の音だね」

蜘蛛ノ介もその音に気づいたらしく、無縁塚に近づいて行く。

無造作に歩み寄った。

刀の柄に手をかけてもいない。

周吉も蜘蛛ノ介に釣られるように歩み寄った。

嫌な予感もあったが、蜘蛛ノ介のことを放っておくわけにもいかない。周吉は蜘蛛ノ介の背後を歩く。

「蟲だ」

蜘蛛ノ介が囁いた。

蟲が実っていた。――無縁塚に根を張っている老木には蟲が実っている。柿か蜜柑のように蟲が実っていた。

異形の蟲を実らせては地面に落としている。

ひっきりなしに蟲を産み落としている。

ぽとり。

ぽとりぽとり。ぽとぽとり。

ぽとり。

地面に落とされた蟲たちは死骸の埋まっている無縁塚へと這って行く。

生まれ落ちたばかりの蟲どもは腹が空いているのであろう。鬼寺の無縁塚に捨てられた憐れな死骸を喰らいたいのであろう。とにかく――。

無縁塚へと這っていく。

無縁塚の土は柔らかく蟲どもは何の苦労もなく土の中に潜ることができる。無縁塚の土に喰らわれるように、蟲どもは湿った土の中へと還って行く。

「へえ……」

蜘蛛ノ介は感心したように無縁塚を覗き込む。

その瞬間、手が――。

腐りかけて皮膚が簾《すだれ》のように垂れ下がっている手が無縁塚の土の中から伸びてきた。

蜘蛛ノ介を捕まえようとしたのだろう。きっと無縁塚の中で寂しい思いをしていたのだろう。その手は必死に蜘蛛ノ介の姿を追い求めている。

「おっと……」

突然、現れた手にも特に驚くでもなく蜘蛛ノ介は後方に数歩分だけ飛んだ。蜘蛛ノ介は相変わらずの暢気な口調で「化け物かえ、つるかめつるかめ」などといっている。

蜘蛛ノ介の声に返事をするように、もこもこと無縁塚が盛り上がった。

そこには首吊り和尚が。

数ケ月前に、この無縁塚脇の木で首を吊ったはずの和尚の死骸が立っていた。

腐った身体を引き摺りながら。

腐臭を撒き散らしながら。

首を吊った和尚にはそのときの名残なのか、首に黒紫色の縄の痕が残っていた。

濁った目球は飛び出し、青黒い舌がだらんと口から垂れ下がっている。腐って柔らかくなった顔を蟲に喰われたのか、小さく穿ったような穴があいている。その穴からときどき蟲の幼虫が顔を出す。

しかし蜘蛛ノ介はそんなおぞましい姿の和尚に臆することなく、質問する。

「和尚さん、あんたが鵙屋のお嬢さんを攫ったのかえ」

「………」

和尚は答えない。

もしかすると答えることができないのかもしれない。が、そのとき――。

――あれは新市だよ。

最初に気づいたのはオサキだった。

（え……）

――三瀬村の新市だよ。

周吉の幼馴染みであり、周吉とオサキのことを村から追い出した庄屋のせがれの新市の姿があった。

「新市が……。どうしてここに……」

周吉の言葉は囁き声のようだった。

三瀬村を追われて山の中を彷徨いながら、周吉は何度も何度も新市を殺す夢を見た。

(こんなに新市のことが憎いのだろうかね)

そう自問しながら、何度も何度も新市のことを殺した。夢の中で周吉は凶暴な貌《かお》をしていた。

――周吉が呼んじまったのかもしれないねえ。

オサキはいった。どこまで本気でいっているのかわからない。

しかし新市が本所深川の外れにいても、おかしくはない。江戸は、おあしさえあれば何でも手に入る町だけれども、ウラを返せば、おあしがなければ何ひとつ手に入らない町であった。

住むところも懐具合で、だいたい決まってくる。本所深川は、おあしのないわけありの連中が集まる町でもあった。

しかも、新市のような田舎者にしてみれば、江戸は敷居が高い。できれば、少しでも馴染みのあるところへ出ようとする。その馴染みのあるところが、三瀬村の田舎者にとっては本所深川であった。

周吉の祖父は本所深川あたりから三瀬村に流れてきた人間であるらしい。――らしいというのは、祖父がはっきりといわないからであった。本所深川に住んでいたのか、ちょいと寄ったことがあるだけなのか、曖昧であった。

周吉が鵙屋にいようと思ったのも、

（ここにいれば、逢えるかもしれぬ）

祖父と黒オサキの〝クロ〟のことが頭になかったといえば、嘘になる。

それはそれとして。

「手代さんの知り合いかね」

そんな事情を知るはずもない蜘蛛ノ介が周吉に聞く。

蜘蛛ノ介はこの異形の和尚が周吉の知り合いだと思ったのか、目を離してしまった。

しかし、すでに――。

新市は新市でなかったのかもしれない。

「新市さん」

周吉は呼びかける。

「………」

返事をすることができないのか、それとも返事をするつもりがないのか、新市は黙ったままだった。よたよたと周吉に近寄ってくる。蜘蛛ノ介が周吉を庇《かば》うように立ちふさがった。

「手代さん、こりゃあ誰だね」

蜘蛛ノ介の言葉を合図のように——。

「………」

無言のまま、新市が周吉に襲いかかってきた。

「む」

反射的に蜘蛛ノ介が刀を抜いた。銀色の光が耀いた。それから、スッパンと音がして、何かがポトリと落ちた。

落ちたのは新市の右腕であった。蜘蛛ノ介は居合の術を使って、新市の腐りかけた右腕を斬り落としたのだった。

——ありゃりゃ、斬っちまったよ。

そんなオサキのつぶやきを追いかけるように、

「ぐぎゃあああがやあぎゃあぎゃあああああああぁぁ——」

新市が吼える。こんな浅ましい姿になっても痛みを感じるのだろうか。

新市は地面に身体を打ち付けるようにして七転八倒。バタバタと苦しがっている。

「手代さん、すまねえ」

思わず手が動いちまった、と蜘蛛ノ介は頭を下げる。周吉の知り合いを斬ったことを謝っているらしい。

「はあ」

返す言葉もなく周吉が目を丸くしていると、新市は無縁塚へと這うようにして帰って行った。

——新市が行っちまうよ、周吉。

オサキはそういったが、周吉も新市のことを追わなかったし、蜘蛛ノ介に至っては見ようともしなかった。オサキだけが新市のことを見ていた。

真剣な顔で新市のことを見ているオサキを不審に思い、周吉はオサキに話しかけた。

（オサキ、どうしたんだい）

オサキは無縁塚に這って行く新市から目を離さずに、こんなことをいったのだった。

——周吉にはわからないよ、たぶん。

十一　太夫さま

「手代さん、ひとりで幕を下ろしなさいな」

そういうと、蜘蛛ノ介は消えてしまった……。

蜘蛛ノ介を追うように、周吉も鬼寺を去った。そして、半刻ののち、何かを懐に鬼寺へ舞い戻ってきた。

——また、周吉はお節介をする。

不機嫌な口調でオサキはいった。珍しく、懐ではなく周吉の右肩に乗っている。周吉の懐に入れないことが、いっそうオサキを不機嫌にしているらしく、さっきから同じことをぼやいている。

——あんな剣呑なものが入っている懐になんぞ、恐ろしくて入れやしないや。

(おまえのことを落とすわけじゃないから)

周吉はオサキの機嫌をとるような口ぶりでいった。しかしオサキの機嫌は直らない。

不機嫌な口調のまま、

――へん、剣呑だ剣呑だ。

と、繰り返している。

周吉の話を聞こうともしない。

（無理もないか）

周吉の懐には、いわゆる〝憑きもの落としの式王子〟と呼ばれる紙人形が入っていた。オサキが不機嫌になるのも無理はない。

――周吉のトンチキ。ひでえや。

そういわれるのも、仕方がない。

オサキのように憑きものと呼ばれるものがいる以上、憑きものを落とす儀式も存在する。この紙人形は憑きものを落とすために用いられるものであった。憑きもの落としの秘術や道具は数多くあるが、一番有名であったのが、この〝憑きもの落としの式王子〟であった。

周吉がこの紙人形を手に入れたのは、三瀬村から追い出され山の中を流離っているときのことだった。

○

「憑きものなど落としてしまいなさい」

美しい太夫《たゆう》はいった。

山の中を流離っていると様々な人に出会う。猟師もいれば親に捨てられた子供もいる。周吉のように生まれ育った村から追い出されて山の中で暮らすことを余儀なくされた親子にも出会った。

周吉のことを襲おうとした人間も少なくはない。しかし山の中の多くの人はふつうの人間であり、周吉に指一本触れることもできない。

しかし、例外があった。この例外の前では、周吉どころかオサキさえ風の前の塵《ちり》となってしまう。

それが〝太夫〟と呼ばれるいざなぎ流の宗教者たちであった。周吉は山の中で修行に励む太夫たちを何人も見ている。多くの場合、太夫たちは自分の修行のことしか考えていないので周吉には目もくれない。

それでも、太夫たちの姿を見ると、

――祈禱師《きとうし》がいるよ、周吉。

オサキは怯える。

オサキが怯えるのも道理で、この太夫たちこそ、オサキにとって天敵なのであった。いざなぎ流の太夫たちは憑きもの落としの秘術を使う。たまたま目についたのか
「そんな下等な霊を抱えていても仕方あるまい」

太夫は周吉にいった。

若く美しい太夫であった。太夫としてはオサキという下等な霊に憑かれている周吉を不憫に思い、祓《はら》い落としてやろうと思ったのであろうか。

「いざなぎ流祈禱法は人を救うためにあるもので、人を害するための法ではない」

口を揃えて太夫たちはいう。

これも事実で、太夫たちは、ときとして医者の手に負えぬ病までも治してくれる。だからこそ、太夫たちの使う〝憑きもの落としの式王子〟は有名であった。医者のいないような山奥ほど、〝憑きもの落としの式王子〟を知る者は多くなる。

ちなみに、太夫の住む近隣の集落の村人たちは、昔から病気にはふたつの種類があると考えている。ひとつは医者で治る病気。もうひとつは祈禱師しか治すことのできない病気、すなわち〝障り〟による病である。障りによる病は、超自然的存在や神秘的力によって引き起こされるものであり、医者には治すことができない。

この場合も、周吉がオサキの霊に憑かれて苦しんでいると思ったのであろう。太夫にすれば、周吉は障りによる病を持っていることになる。

——周吉……。

オサキは太夫に怯えている。満足に口をきくこともできない。あの生意気なオサキは影をひそめ、周吉の懐でがたがたと震えている。

(大丈夫だよ、オサキ)

周吉はオサキを抱きしめる。それから額を地面に擦りつけるように土下座をはじめた。

「太夫さま、オサキはおいらの家族なんです。勘弁してやってくだせえ」

ただのオサキモチが修行を積んだ太夫に勝てるはずがない。見逃してもらうためには、ひたすら許しを請うしかなかった。

「そこまでオサキに憑かれているのですか」

太夫は形のいい眉を顰める。

「おいらの兄弟のようなものなのです」

周吉は頭を下げ続ける。

ふうと小さなため息が聞こえた。太夫は、周吉がオサキに操られていると思ったのかもしれない。

太夫は法文《ほうもん》を唱えはじめた。

式王子　是日本・唐土・天竺　三ヶ朝　潮境に　雪津島・寺子島　みゆき弁才王と
て　王こそひとり　育ち上がらせ給ふた　弁才王の妃……

唱えながら紙の人形を天空高く放り投げた。

複雑な紙細工の人形が空中でひらひらと回転しながら舞っている。紙の人形が法文を吸収するように天空で舞っている。

長い法文は続いている。

法文を唱えている間に逃げればよいのかもしれぬが、周吉もオサキも動くことさえできなかった。金縛りにでもあったように周吉とオサキは太夫の唱える法文に聞き入っていた。

その法文に誘われるようにオサキが周吉の懐から飛び出した。もちろん隠れていた方が安全なのは承知の上。

しかし太夫の法文を聞いてしまった以上、魔物であるオサキがじっとしていられるはずはない。

オサキは白い狐のような身体を太夫の前に晒す。文字どおり逃げることも隠れることもできない。

やがて、紙の人形は式王子となった。

どこから抜いたのか、ぎらりと耀く刀を右手にオサキに襲いかかる。式王子はオサキを斬り刻むつもりらしい。

──周吉……。

オサキの声は弱々しい。魔物の牙を剝いて向かっていく気力もないらしい。

仕方がない。

太夫は憑きものを落とし、オサキは憑きものにすぎない。

憑きものが憑きもの落としに逆らえるはずがない。

──おいら、もうちょっと周吉と一緒にいたかったなあ……。

すでにオサキは観念している。

──周吉、おいら……、おいら……。よくわからないけど、楽しかったよ。……さよなら、周吉。

「オサキ……」

式王子が刀を片手に飛来する。オサキに向かって刀を振り下ろす瞬間、

——おいッ、周吉ッ。

オサキの怒鳴り声が轟《とどろ》いた。

いつの間にか、周吉はオサキの前に立ちはだかっていた。身を挺《てい》してオサキのことを庇ったのだった。

すでに式王子は目前に迫っていた。周吉の動きを見て太夫が、「愚かなことを」とつぶやいたが、もう遅かった。

誰も式王子の攻撃を止めることなどできない。

式王子は周吉に襲いかかる。

周吉は竜巻に呑まれたかのように空中に舞った。

そして空中で、式王子はぎらりぎらりと太刀を振るう。

一見すると、ぎらりとした刀で襲いかかるので、襲われた周吉は刀傷だらけになっているかと思えば傷ひとつない。

内攻。すなわち式王子の攻撃を受けても外傷を負うことはない。この太夫の操る式王子は内臓を破壊する。

その証拠に周吉は血を吐いた。

真っ赤な血が湿った地面の上に広がる。

腸を焼きゴテで掻き回されるような苦痛が周吉を襲う。

一度だけではなく、何度も何度も血を吐き続ける。

目の前が真っ赤に染まった。

やがて、周吉の心臓の鼓動が弱くなった。

――周吉ッ、周吉ッ。

オサキの声が聞こえる。聞き慣れたはずのオサキの声がひどく遠く感じた。目を開けることさえ億劫《おっくう》だった。何もかもが面倒くさい。

(そうか……。死ぬのか……)

周吉は自分の死を予感した。これまで恐れていた死ではあるが、死ぬことを自覚した今となっては、それほど恐ろしくない。

周吉は目を閉じた。

(おとっつあん、おっかさんに逢える……)

貧しい村に生まれて、オサキモチと後ろ指をさされ、あげくの果てに父と母を殺された。村を追い出され、オサキと山の中を歩き回っていると、太夫に殺されてしまったわけである。

（あんまり、いい人生じゃなかったねえ）

そんなふうにも思ったものの、不思議と後悔はなかった。

——周吉、死なないでッ。

オサキが泣いている。幻なのかもしれない。魔物が泣くなどという話は聞いたことがない。

ふと。

冷たいものが周吉の額に触れた。

あまりの冷たさに薄れかけていた意識が戻ってきた。快い死の誘いに比べて、その冷たさは不快であった。

仕方なく周吉は目を開いた。

周吉の世界は歪んでいる。

その歪んだ世界に真っ白な影が立っていた。——女人らしい。

「馬鹿者が」とその影はいった。

「太夫さま……」

周吉の声は掠れていた。

今まで気づかなかったのだが、どうやら太夫さまは女人らしい。……死んでしまったおっかさんの匂いがする。

いつの間にやら式王子は消えていた。そのかわりに太夫の手が周吉の頬に置かれていた。オサキの姿も見える。

「馬鹿なことをしおって」

そういいながらも、どこか太夫の声はやさしかった。

——周吉のことを助けてやって。おいらのことを殺しちまってもいいからさ。

オサキが太夫に縋りつく。太夫に頼みごとをする憑きものなんて聞いたこともない。

苦笑いしながら太夫がオサキを叱りつけていた。

「黙れ、魔物。少し静かにしておれ」

唇に何かが触れた。

冷たく、そして柔らかかった。

甘い匂いがする。

太夫が周吉の口を吸っている。

傷の痛みがやんだ。どくんどくんと周吉の心臓が、再び、うるさいくらいに動きはじめた。

「うむ。これでいいだろう」

太夫は周吉の心臓の音を聞くと唇を放した。

「太夫さま」

さっきよりも大きな声が出た。

「黙っておれ。——無理をすると死ぬぞ」

「オサキのことを助けてください」

「まったく、この馬鹿者が……」

太夫は嘆く。

それでもオサキを落とすつもりはないらしく、法文を再び唱えようともしない。

「少し眠っておれ」

太夫の声が聞こえた。——と、周吉の気が遠くなった。太夫が術を使ったのかもしれない。

目がさめると太夫の姿はなかった。

そのかわりに巧妙な細工の施された紙人形——〝憑きもの落としの式王子〟——が置かれていたのだった。

○

無縁塚の中で首吊り和尚が蠢いた。

その新市のまわりを小鬼たちが囲んでいる。子鬼たちを見るたびに、新市は、かつて鬼寺で暮らしていた佐助のことを思い出す。首を吊った新市のことを埋めてくれた子供。

小鬼たちは新市のことを心配しているのか、キーキーと鳴きながら無縁塚を覗き込んでいる。

何匹かの小鬼が周吉に気づいたらしく、ギャーギャーと喚き立てた。他の小鬼たちも追従する。泣き喚く。

周吉のことを――オサキモチのことを怖がっているのだ。

――うるせいやいッ。

オサキが小鬼たちを威圧する。

すると。

あっという間に小鬼たちは静かになってしまった。無縁塚の屍脂《しあぶら》の染み込んだ土に潜り込んでしまった小鬼たちもいる。怯えているようだ。何しろ、今日のオサキは機嫌が悪い。放っておけば、か弱い小鬼たちなど齧ってしまうだろう。……小鬼たちが怯えるのも無理のない話だった。

小鬼たちは新市のことを心配そうに見ている。小鬼たちは、かつて新市に飯を恵んでもらいながら、それでも生きていくことができずに死んでしまった子供たちなのだろう。

みな新市のことを心配しているようだった。

中には目に涙をためている小鬼もいて、悲しげな声でキーキーと鳴いている。

周吉は新市と小鬼たちを成仏させるつもりだった。

おそらく、新市と小鬼たちは現世に対する恨みや哀しみ、それから未練があって無縁塚にとどまり続けているのだろう。

式王子　是日本・唐土・天竺　三ヶ朝　潮境に　雪津島・寺子島　みゆき弁才王とて　王こそひとり　育ち上がらせ給ふた　弁才王の妃……

周吉は法文を唱えはじめた。――唱えながら紙の人形を天空高く放り投げた。

複雑な紙細工の人形が空中でひらひらと回転しながら舞っている。

紙の人形が法文を吸収するように天空で舞っている。

紙人形が――。

式王子がくるくると宙で回転しながら刀を構える。そして――、
殺気。

紙人形は全身から濃い霧のような殺気を放出した。ぴりぴりと殺気が世界を支配する。

空気が張りつめた。

耐えきれずに小鬼たちが宙に舞う。

一匹二匹三匹……と次々と式王子に向かっていく。太夫の遣いである式王子と魔物の下っ端にすぎぬ小鬼では力の差がありすぎる。

それでも小鬼たちは式王子に殺到する。

魔物の本能なのか、座して消えることを潔しとしない。

ぴたり。

式王子の回転が止まった。――止まった状態のまま宙に停止している。

津波のように殺到する小鬼たちを式王子は紙細工の顔で見つめている。

少しも動かない。

小鬼たちは鋭い歯と爪を剝き出しにして式王子に襲いかかる。式王子といっても
しょせんは紙人形。切り裂かれてしまえばどうすることもできない。ただの紙屑《かみくず》に
なってしまうだけ。
ギャーギャーと鳴きながら先頭の小鬼が式王子に爪を伸ばすと——。
式王子がひらひらと舞った。
残酷に式王子は舞う。
しゅんと空気の裂ける音が響いた。
「ギャー……」
先頭の小鬼が斬り裂かれた。
小鬼は砂人形が風に吹かれたかのように、さらさらと散っていく。風に飛ばされた
砂のように細かい粒子になってどこか遠くへ運ばれる。
あとは虐殺だった。
ものの数秒で式王子は自分に向かってきた小鬼たちのすべてを斬り裂いてしまった
のだった。
そして式王子は無縁塚へと飛ぶ。
無縁塚には新市が蠢いている。いや。蠢くことさえできない。動くこともできずに

苦しみ続けている。

「新市さん……」

思わず周吉は言葉をかける。そして、新市の姿を見て言葉に詰まった。

腐りかけた新市の身体には真っ白な粒がちりばめられている。蟲が卵を産んだらしい。それなのに、新市は死ぬこともできない。ぎょろりと濁った死人の目が動く。新市は声が聞こえるらしい。周吉のことを苦しそうな顔で見ていた。ただ苦しそうに、何かを伝えるような目で周吉を見た。

殺してくれ。そういっているように周吉には思えた。

きっと新市は成仏したがっているのだろう。周吉はそう思った。周吉は新市に伝わるように大きくうなずいた。

「もうすぐ楽になりますから」

周吉は法文を唱えた。

式王子　是日本・唐土・天竺　三ヶ朝　潮境に　雪津島・寺子島　みゆき弁才王とて　王こそひとり　育ち上がらせ給ふた　弁才王の妃……

式王子が新市の死骸目がけて襲いかかった。

式王子は無縁塚の蟲どもを粒子にしながら新市の死骸に迫る。音もなく――。

新市の身体が崩れた。

式王子に触れた場所から乾燥した砂のように崩れていく。さらさらと新市の身体が土に帰る。無縁塚にぱらぱらと新市だったものが降り注ぐ。

新市を追うようにして、式王子も塵と化した……。

あとには何も残らなかった。

十二　捕らえられた鬼

「もうやめにしましょう」

周吉はガタガタと震えている男に声をかけた。新市も小鬼も消えてしまった鬼寺のお堂に男は隠れていた。

「あたしが犯人だって、知っていたのかい」

このあたしが冬庵さんのことを殺しちまったって知っていたのかい、と耳慣れたやさしい声が返ってくる。

ずっと、周吉のことを弟のように可愛がってくれた男がお堂の中で震えていた。そう——。吉兵衛がガタガタと震えていた。

「吉兵衛さん……」

周吉は男に声をかけた。

成仏できなかった首吊り和尚——つまり新市が、この世に迷い出て冬庵を殺し、お琴のことを手に掛けたわけではない。何もかも死人のせいにして話を畳むわけにはいかない。

「十郎さんに頼んで、わたしのことを襲わせましたよね」

「……」

吉兵衛は黙ってうなずく。

真夜中に十郎に襲われたことを取ってみても、どこか腑《ふ》に落ちないところがあった。あの十郎がいくらお琴恋しさに狂ったとはいえ、ただの商人である周吉のことを闇討ちするはずはない。金払いのいい誰かの依頼と、十郎自身の横恋慕が都合よく重なっただけであろう。

「前にわたしが夜回りに襲われたのも、吉兵衛さんの手引きだったんですよね」

辻斬り槍突きどもに襲われた夜のことだ。いくら物騒な江戸の夜でも、十人もの浪人どもが群れをなして辻斬りをするわけがない。十郎が依頼したとしても、周吉がその夜に夜回りに出るということを知っている人間が裏で手引きしていたはずである。周吉の夜回りを知っていて、十郎と面識があって、裏の人間を動かすだけの金を持っている人間は数えるほどしかいない。

「吉兵衛さん、鵙屋に戻りましょう」

「……」

吉兵衛は虚ろな目で周吉のことを見る。吉兵衛の目には精気が感じられない。放っておけば、この無縁塚で朽ち果ててしまいそうであった。

「何もかも、知っていますから。もう大丈夫ですから」

周吉は気休めをいった。

「何もかも……」

「そう何もかもです。……吉兵衛さんは、前にも旦那さまを殺そうとしましたね」

知っていたのか、と吉兵衛は項垂《うなだ》れた。

やはり吉兵衛は安左衛門を殺そうとして、山の中でひとり歩きをさせたらしい。

「冬庵さんを殺して吊したのも吉兵衛さんですね」

吉兵衛は無言で肩を震わせる。吉兵衛が冬庵を殺したのだ。

「さあ、帰りましょう」

周吉はいった。

――やっぱり吉兵衛さんが鬼だったんだね。

オサキはいった。

「どうして、あたしばっかり、運が悪いんだろう」

吉兵衛は鬼になってしまったのだろう。

○

吉兵衛の父親は博奕《ばくち》うちだった。雪ばかり降っている寒い田舎から出てきて、職人になるつもりが、いつの間にか、博奕うちになっていた。

吉兵衛が生まれて間もなく博奕の借金がかさんで川に沈められてしまった。吉兵衛の母は死んでしまった亭主のことをずっと呪いながら生きていた。

ただでさえ食えないのに亭主が死んでしまった。しかも借金は残っている。博奕うちを相手に金を貸すような連中だ。まともなはずはない。そんな始末の悪い借金をいくつも抱えたまま死んでしまった。

「あのろくでなしがッ」

母は罵る。

このころになると、母は夜鷹に、幼い吉兵衛は物乞いになっていた。そうやって必死に江戸の片隅で生きていた。

まだ幼かった吉兵衛は、道行く人たちに頭を下げて、いくばくかの金や食いものを恵んでもらいながら辛うじて生きていた。もちろん、子供時代には「吉兵衛」ではなく他の名前で呼ばれていたのだが、吉兵衛は自分の名前を思い出したくなかった。思い出したくとも、鵙屋の代々の番頭が名乗ることになっている〝吉兵衛〟という名前以外は、記憶に残っていない。

吉兵衛と母は、他人の残飯をもらいながら暮らしていた。

しかし、そんな暮らしが長続きするはずがない。

母は暮らしに倦《う》み、酒をおぼえた。辛い暮らしから目を逸らすために酒を飲むようになったのだった。

酒を飲めば金がなくなる。金がなくなれば暮らしが辛くなる。暮らしが辛くなればもっと酒を飲む。……吉兵衛たちの暮らしは坂道を転げ落ちるように悪くなっていった。底だと思っていたところが、落ちはじめであった。

(このままじゃあ、死んじまう)

そんなことを考えながら、毎夜のように酒を食らって眠る母の薄汚い顔を見ていた。

いくら考えてもどうなるものでもないのに……。

○

「うちのお店で働かないかね」

雪の激しく降るある日、いつも飯を恵んでくれる老人が吉兵衛にいった。

この老人が先代の鵙屋安左衛門であった。先代の安左衛門はでっぷりと太った男で、見るからにお店の主だった。

自分は鵙屋というお店を営んでいるのだが、小僧をさがしている。小僧として鵙屋にこないか。そんなことを安左衛門はいった。

「……」

吉兵衛は黙り込んでしまった。あまりの僥倖《ぎょうこう》に目が眩む思いであった。突然の幸運に言葉を失って倒れそうになった。立っていることさえやっとなのだから、口をきくことができないのも無理のない話である。

黙っている吉兵衛を見て、安左衛門が不審そうな顔になった。

「嫌なのかね」

「ううん。そんなことありません」

吉兵衛は首を必死に振った。

貧乏人の吉兵衛が鵙屋に奉公できるなんて夢のような話。奉公人は住み込みで働くものと相場が決まっている。給金こそ雀《すずめ》の涙だが、飯は食わせてもらえるし、雨露をしのぐことだってできる。

嫌なはずがない。

そんなことを先代の安左衛門に伝えると、「よしよし」と満足そうにうなずき、それから何やら思いついたという顔で、

「おとっつあんか、おっかさんはいるのかい?」

と、商人らしい柔らかい言葉遣いで吉兵衛に聞いた。

「ううん。おいらひとりぼっちなんだ」

と、吉兵衛は咄嗟《とっさ》に嘘をついた。自分の母のことを安左衛門に知られてはならないような気がしたのだった。ちくりと胸が痛くなったような気がしたが、吉兵衛は、そのちくりを無視した。

「おとっつあんも、おっかさんもいないのかい?」

「うん。おいらひとりぼっちなんだ」

吉兵衛は嘘を重ねる。そのたびに、ちくりちくりと胸が痛む。母の顔が思い浮かんだ。それでも吉兵衛はいい続けた。

「おとっつあんも、おっかさんもいないんだ」

その言葉を聞くと、先代の安左衛門は「よしよし」とうなずくと吉兵衛の肩を抱くようにして、鴫屋に連れて行ってくれた。

鴫屋は夢のように暖かかった。

○

鴫屋で奉公しはじめてから、しばらく外出などできなかった。小僧が好き勝手に外出できるはずがない。

この日もお遣いを頼まれて近くまできたので、ちょいと顔を出しただけであった。すぐに帰らなければならない。お店では吉兵衛には母も父もいないことになっている。

相変わらず母は酒くさかった。安い酒のにおいがする。

「おっかさん、あのね――」

上がり框《がまち》に立ったまま吉兵衛はいった。

「ん……」

母は濁った目で吉兵衛のことを見る。腐ったような、そして蟲のような厭《いや》な目をしていた。

それでも自分が鵙屋で働くことができるようになったことがうれしく、また母にも一緒に喜んで欲しかった。よかったね。そう母にいって欲しかった。だから、吉兵衛は何もかも、これまであったことを母に話したのであった。

「奉公人になったんだ」

最初は、自分も鵙屋で一緒に暮らすことができると思ったらしく、母は酒に灼《や》けた顔をテカらせて喜んだ。

しかし吉兵衛が、自分には母も父もいないとお店の主にいってしまったこと、だから、もうしばらくこの家に帰ってくることができないことを伝えると、母は山姥《やまんば》のように目を吊り上げて怒鳴り出した。

「育ててもらった恩も何もかも忘れて、このおっかさんのことを捨てるつもりだろう。この鬼めッ」

母は手に持っていた茶碗を吉兵衛に投げつけた。

茶碗は吉兵衛まで届かなかった。吉兵衛の足もとの手前で、

がちゃん――と割れた。

「すぐに妾《あたし》のことをお店に連れてお行き」

おまえばかりにいい思いはさせないんだからね、と母はいきり立つ。

目の前が真っ赤に染まった。

頭から血を浴びせられたかのように吉兵衛の何もかもが真っ赤に染まっていた。この母を鵙屋に連れて行ったらもう何もかもおしまいになってしまう。吉兵衛は鵙屋を追い出され、また残飯を食らって生きていかなければならない。その残飯さえ奪い合うようなこの場所に帰ってこなければならない。

気がつくと——、吉兵衛は母の首を絞めていた。皹《ひび》や霜焼けで傷だらけの手が自分を産んだ母の首を絞めていた。

母は吉兵衛に首を絞められていることに気づかないのか、この鬼めッと繰り返していた。吉兵衛のことを鬼めッと罵り続けていた。

「おまえも、おとっつあんと同じろくでなしだよ。そっくりの鬼だよ。この鬼めッ」

おまえなんぞ、死んじまえ、と、吉兵衛の母は櫛《くし》も通していない乱れた白髪を風に靡《なび》かせて喚き散らした。

ひひひひひ、と吉兵衛の口から狂ったような笑いが飛び出した。吉兵衛は思った。いいでしょう。おっかさんのいうように鬼になりましょう。

吉兵衛は力を込める。

酒ばかり飲んでいる母の首は細くか弱かった。すぐに、ぽきんと枝が折れるような音が聞こえた。

「おっかさん……」

首を絞めた姿勢のまま、吉兵衛は大好きな母のことを呼んでみた。夢の中の母は、いつもにこにこと笑っていて、吉兵衛のことを褒めてくれる。

しかし、これは夢ではない。現実の話であった。だから、

「……」

母は答えない。何もいってはくれなかった。吉兵衛の両手の中で、母は真っ赤な舌をだらりと見せて死んでいた。

吉兵衛は母のことを殺してしまったのだった。

○

「――ずっと鵙屋にいるつもりだったんだよ。番頭なんぞに、なりたかったわけじゃないんだよ」

吉兵衛はいった。

「どうして、あたしばかりが不幸なんだろうねえ……」

吉兵衛の言葉を聞きながら、周吉は薄紅色の花びらを思い浮かべた。

〝鵙屋の桜〟。

吉兵衛が気に入っていた、本所七不思議の八番目だか九番目の不思議。夢を見せてくれる不思議な桜。吉兵衛は、その〝鵙屋の桜〟と離れたくないといっていた。

「おっかさんと一緒にいたかっただけなのに」

「……そうだったんですか」

あのとき、吉兵衛は稲荷寿司を食いながら、「あの木と離ればなれになりたくないんだよ」といっていたが、〝鵙屋の桜〟が吉兵衛に見せてくれたのは、自分が殺してしまった母の夢であった。その夢の中で、吉兵衛の母は、鵙屋の奉公人になった吉兵衛のことを褒めてくれたのだという。誰だって、母親と離れるのは辛い。吉兵衛が暖簾分けを嫌がったのは、母親と離れたくなかったからであった。

――くしゅんッ。

と、オサキがくしゃみをした。そういえば、吉兵衛と一緒に〝鵙屋の桜〟の前で話をしたときも、そして、子鬼を見失ったときも、オサキはくしゃみをしていた。

（そうだったのか）

周吉がオサキに憑かれているのなら、吉兵衛は桜に憑かれているのだろう。吉兵衛にとって、鵙屋から離れるということは、〝鵙屋の桜〟と別れることを意味していた。

かつて、山の中で、太夫がオサキを落とそうとしたとき、周吉は抵抗したし、オサキも周吉のために身を投げ出そうとした。

(同じことだったんだ)

周吉は思う。

オサキが周吉を救おうとしたように、〝鵙屋の桜〟も自分の香りを使って、オサキの邪魔をしたに違いない。オサキが、自分のことを吉兵衛から引き離そうとしていると思ったのだろう。

そんなことを考えながら、周吉は、

「吉兵衛さん……」

と、項垂れる吉兵衛の肩に、そっと手を置いた。

しかし、吉兵衛は、うるさそうに周吉の手を払う。

「放っておいておくれよ」

そういうと、吉兵衛は、ふらふらとどこかへ消えてしまった。行くところなど、どこにもないはずなのに——。

吉兵衛が消えてしまうと、周吉はオサキを懐に入れた。それから、聞こえるはずもないのに、吉兵衛が消えたあたりへとつぶやいた。

「吉兵衛さん」

終　真相

お琴は鬼寺のお堂の中で気を失っていた。荒縄で縛り上げられている。

お堂の中は、蟲の中でも、ことさらに陰気を好むといわれている百足《むかで》どもの巣となっていた。百足どもがお琴の真っ白い顔の上をうねっていた。

「お嬢さん、お琴さん、しっかりしてください」

周吉は百足どもを払い落とす。

気づかれないように、お琴の着物の中で蠢いているであろう百足どもに〝妖狐の眼〟を向けた。

ぱらぱらと百足どもがお琴から落ちていく。

周吉は簡単に荒縄をほどいてしまった。吉兵衛はお琴に気を遣って、緩く縛っていたのだろう。

「周吉さん……」

お琴が薄ぼんやりとした顔で周吉のことを見た。気がついたようだ。

「お嬢さん、助けに参りました」

「周吉さん……、わたし、わたし……」

お琴は、がたがたと震えていた。こんなお琴を見るのは、はじめてのことだった。思わず周吉は口走った。

「安心してください。もう悪いやつは行ってしまいました」

お琴を立たせた。背負って、鵙屋へ帰ろうと思ったのであった。そうはいっても、お琴はちゃんと立つことができない。それでも気丈なお琴のこと、無理に立ち上がったが、荒縄で縛りつけられていたせいなのか、恐ろしさのためなのか、すぐによろけた。

「お嬢さん、危ない」

周吉は、いつかと同じようにお琴を抱き止めた。あのときと同じように、お琴の匂いが、ふわりと周吉を包んだ。

「周吉さん……」

お琴は周吉にしがみつく。まだ、がたがたと震えていた。よほど恐ろしかったのだろう。

「もう大丈夫です、お嬢さん。……わたしが近くにいますから、大丈夫です」

気がつくと、周吉はお琴の細い身体を力いっぱい抱きしめていた。周吉の懐から、うへえという声が聞こえた。オサキが潰れそうになっているらしい。

――苦しいよう、周吉。

懐でオサキが、ぶつぶつと文句をいっている。

しかし、周吉は返事をしない。オサキのことなんぞ、忘れてしまったかのように、お琴を抱きしめている。

仕方なく、オサキは周吉の懐から飛び出した。大きくならずに、小さな粒のまま地面に降りる。周吉はオサキのことを見ようともしない。

いつまでも抱き合っている周吉とお琴の姿を見ながら、オサキはぶつぶつと小声でつぶやいた。

――周吉とお琴が一緒になったら、おいら、ずっと苦しいのかねえ。そいつは、困るねえ。

○

お琴を医者にみせ、寝かしつけて、しばし時間が経ったころ、周吉はしげ女に呼ばれた。念のため、オサキをお琴のそばに置いたまま、周吉はしげ女の前へ座ったのであった。さすがのしげ女も、疲れているのか青白い顔をしていた。それでも、

「周吉、いろいろ、すまなかったね」

とねぎらいの言葉をかけてくれた。

「へえ」

相変わらず、気のきかない返事をする周吉であった。

しげ女は、そんな周吉にずばりと聞いた。

「何があったのか聞かせてくれないかい」

「実は――」と、周吉が事件のあらましを話し終えると、しげ女は、大きなため息をついていった。

「なりばかりでかいくせに、本当に気のやさしい男だったからねえ」

吉兵衛のことを「恩知らず」と罵るばかりの安左衛門と違って、しげ女は、どこか吉兵衛に同情するような口調だった。

安左衛門のように吉兵衛を罵られても困ってしまうが、しげ女のように同情されても返す言葉を失ってしまう。かわいい娘を拐かされた親としては、むしろ安左衛門の

方が尋常のような気がする。

そんな周吉の思いが伝わったのか、しげ女はちらりと笑みを浮かべると、こんなことをいいだしたのであった。

「もし、おまえがお琴のことを助けなかったら、吉兵衛はお琴のことをどうするつもりだったんだろうねえ」

「それは……」

言葉に詰まる周吉であった。お琴を助けることで頭がいっぱいで、そこまで頭が回らなかった。それでも、おずおずといってみた。

「お琴お嬢さんを殺めるつもりだったんでしょうか」

吉兵衛がそんなことをするとは思えなかったが、他に考えようもなかった。実際、吉兵衛は冬庵のことを手に掛けている。

しかし、しげ女は、それはないだろ、と首を振った。

「考えてもごらんよ、周吉」

「へえ」

「殺すつもりなら、連れて行く必要はないだろ。娘とはいえ、人をひとり拐かすのは手がかかるものさ」

しげ女は、恐ろしいことを、さらりと口にした。言葉を失っている周吉を尻目に、さらに続ける。

「わざわざ鬼寺まで運ばなくても、ずぶりと刺しちまえば、いいだけの話さ」

そのとおりであった。鴟屋の中で殺めることができないにしても、わざわざ鬼寺まで連れて行く必要はない。

「攫ってみたはいいけれど、吉兵衛はお琴を持て余していたんじゃないのかねえ」

そもそも、吉兵衛が冬庵を殺したり、お琴を拐かしたりしたのは、自分の暖簾分けの話を潰すためであった。お琴に恨みがあるわけではない。気のやさしい吉兵衛のこと。できればお琴を攫いたくはなかったはずだ。

「まあ、うちの安左衛門がふつうの商人だったら、よかったんだろうけどねえ。そうすれば、吉兵衛もお琴を攫わずに済んだのにねえ」

しげ女はそんなことをつぶやいた。

が、そういわれても、周吉にはわけがわからない。首を傾げていると、しげ女がこんなことをいった。

「冬庵先生が死んじまってから、客が減っただろ」

「へえ」

吉兵衛は、客を減らすために冬庵を殺したのであった。突拍子もない話に聞こえるようであったが、実際、冬庵が死んでしまい、鵙屋の売り上げは目に見えて減っている。そのくらい冬庵は鵙屋にとって、大切な客であった。その点、古株の番頭だけあって、吉兵衛の読みは正確であった。

「それも、冬庵先生を殺めるだけじゃなくて、手間をかけて木に吊したところが、いかにも商売人らしい細かさだね」

しげ女の言葉は吉兵衛の仕事に感心しているようでもあった。

「鵙屋へ出入りしていた医者が、鵙屋の近くで吊されちゃあ、客足も遠のくさ。あたしだって、そんな店には近寄らないさ」

鵙屋は献残屋。いってみれば、武家を相手の商売であった。そして、武家くらい縁起を担ぐ連中はいない。

町人であっても、ごたごたしているお店を避けるのはふつうである。悪い噂のあるところで買いものをする人などいない。町人であってもこうなのだから、これが武家であれば、こだわらない方がどうかしている。

「今の状態が、ずっと続くようなら、この先、どうなるかわかったもんじゃないよ」

それほどに客は減っていた。しかし、そのことと、「うちの安左衛門がふつうの商人だったら、よかったんだろうけどねえ」という言葉が、どうつながるのかわからない周吉であった。

しげ女は話を続ける。

「江戸の男なんて見栄っぱりなもんさ。商いが苦しいのに、一度、口に出したことを引っ込めやしない」

商人であれば、第一番に考えるのは、自分のお店のことである。それなのに、安左衛門は、この苦しい時期に吉兵衛を暖簾分けさせることにこだわったのであった。「江戸者の生れ損い金を貯め」と川柳に詠《よ》まれるだけあって、安左衛門も金よりも見栄を取る男であった。だから、

「吉兵衛も焦っちまったんだろうね。人をひとり殺したのが無駄になっちまったんだからさ。それで後先も考えずに、お琴を攫ったんだよ、きっと」

しげ女は、小さくため息をついた。

それから数日後のこと……。

周吉に背負われて帰ってきたときには、どうなることかと思ったが、お琴もすっか

り元気になって、そろそろ起き上がることができそうな様子だった。

今だって、「周吉さん、ひどいわ」だの、「お静、あの帯を持ってきて」だの、病人には見えない。

そんな騒ぎが聞こえてくる中、安左衛門としげ女が茶を飲みながら、自分たちの部屋で話をしていた。

「ずいぶん騒がしい娘だねえ」と、しげ女は呆れてみせた。

「もう元気なものさ」

このごろでは、安左衛門も、お琴の回復を疑っていなかった。しげ女相手に軽口を叩いている。

吉兵衛のことは、商いのことを考えて表沙汰にしていなかったので、事件の真相を知っている者は夫婦と周吉くらいだった。

もちろん事件が事件なので、安左衛門も周吉を部屋に呼び事件の話をさせたけれど、安左衛門は吉兵衛を罵るばかりで、要領を得ないまま時間ばかりがすぎてしまった。しげ女ほど事件のことを理解しているのか定かではない。

そもそも鵙屋では、奉公人が何かしでかしたときに話をするのは、しげ女の仕事。いわば、商人になるために、幼少のころから親元を離れて奉公する者も少なくない。

しげ女は母親がわりであった。だから、安左衛門よりも、しげ女の方が奉公人相手に話を聞くことが上手だった。

「まったく、うちの娘ときたら、うるさくて仕方がないねえ」

しげ女はそんなことをいっている。これも、もちろん、お琴が元気になったからいえることであった。

それはそれとして、安左衛門、しげ女と話しながらも、ときどき、右足だの頭だのをさすっている。顔を顰めているところを見ると、痛めているようであった。

しげ女が安左衛門に聞く。

「お琴が元気になったと思ったら、今度は、あんたが病気かい。そういう顔色には見えないけれど、ずいぶん、浮かない顔をしているわねえ」

「気のせいかもしれないが」と安左衛門は話し出す。

「さっき、周吉にお琴との縁談の話をしたら、急に身体じゅうが痛くなっちまったんだ。犬に嚙まれたような痛さで……。おかしな病気かねえ」

安左衛門は、首をひねっている。

江戸っ子なんて口だけで気の弱いもの。原因のわからぬ痛みに、不安になっている安左衛門であった。

「そりゃあ、病気とは違いますよ」と、しげ女は真顔で返事をした。

「病気じゃないとすると……」

医者でもないしげ女相手に、真顔で聞き返す安左衛門だった。そんな安左衛門に、しげ女も真顔のままで答える。

「お狐さまに嫌われたのかもしれないねえ」

「えッ。周吉とお琴の縁談話をすると、お狐さまに嫌われるのかい」

安左衛門は、目を白黒させている。商売人がお稲荷さまに嫌われてはたいへんだ、と焦ったのであった。慌てたように、

「じゃあ、この縁談はなかったことに――」

といいかけたが、その言葉を最後までいうことはできなかった。

「あいたたたたたっ」

いきなり、右足を押さえて、跳び上がる安左衛門だった。まるで犬に足を噛まれたような姿であった。

それを見て、しげ女が、くくくと笑っている。

「いくら女房だって、人が痛がっているのを笑うなんてあんまりだよ。――おお、痛

い痛い」

安左衛門が涙を浮かべながら、薄情な女房に文句をいっている。

おや、ごめんなさいね、としげ女は謝ると、真面目な顔になって、

「あのふたりのことは、しばらく放っておきなさいな。そのうち、なるようになりますよ」

といった。

それから、しげ女は、誰もいないはずの、安左衛門のとなりの座布団に向かって、

「ねえ」と笑ってみせた。しげ女には、何かが見えているのかもしれない。

「そんなもんかねえ」

納得いかないのか、安左衛門は顎を撫でている。

そんな安左衛門の言葉に被せるようにして、周吉とお琴の声が聞こえてきた。

「……そんな、周吉さん、あんまりだわ」

「……お琴お嬢さん、お願いですから、泣かないでください」

周吉の情けない声を聞いて、安左衛門は苦笑いを浮かべた。そして、やれやれと肩をすくめると、しげ女にいったのだった。

「とうぶん、楽隠居はできそうもないねえ」

〈参考資料〉

『日本の憑きもの　社会人類学的考察』吉田禎吾（中公新書）
『鬼の研究』馬場あき子（ちくま文庫）
『憑霊信仰論』小松和彦（講談社学術文庫）
『妖怪談義』柳田國男（講談社学術文庫）
『遠野物語』柳田國男（新潮社）
『日本の昔話』柳田國男（新潮文庫）
『日本の伝説』柳田國男（新潮文庫）
『呪術の本』（学研）
『剣豪伝説』小島英記（ちくま文庫）
『平成お徒歩日記』宮部みゆき（新潮文庫）

『お江戸の意外な「食」事情』中江克己（ＰＨＰ文庫）
『お江戸の意外な商売事情』中江克己（ＰＨＰ文庫）
『江戸通になる本』秋山忠彌（新人物文庫）
『春琴抄』谷崎潤一郎（新潮文庫）
『杉浦日向子の江戸塾』杉浦日向子（ＰＨＰ文庫）
『お江戸でござる』杉浦日向子（新潮文庫）
『大江戸美味草紙』杉浦日向子（新潮文庫）
『大江戸散歩ＭＡＰ』（双葉社）
『古写真と錦絵でよみがえる　江戸時代おもしろビックリ商売図鑑』（新人物往来社）
『図説　地図とあらすじで読む日本の妖怪伝説』志村有弘（青春出版社）
『読んで、「半七」！』岡本綺堂（ちくま文庫）
『もっと、「半七」！』岡本綺堂（ちくま文庫）

この物語はフィクションです。実在する人物、団体等とは一切関係ありません。
文庫化にあたり、第8回『このミステリーがすごい！』大賞最終候補作品、
高橋由太『鬼とオサキとムカデ女と』に加筆しました。

〈解説〉
人間と魔物の凸凹コンビが事件の謎に挑む、明朗妖怪時代劇、開幕

大森　望（翻訳家・評論家）

主人公が人外の魔物とコンビを組む〝バディもの〟は、洋の東西を問わず昔から人気が高い。海外では、マイクル・ムアコックのヒロイック・ファンタジー、《エルリック・サーガ》がその代表（荒川弘《あらかわひろむ》『鋼の錬金術師』のエルリック兄弟は、たぶんこのシリーズから名前を借りている）。メルニボネ帝国最後の皇子エルリックの相棒は、自我を持つ魔剣、ストームブリンガー。第三回スニーカー大賞を受賞した安井健太郎《やすいけんたろう》の《ラグナロク》シリーズでも、傭兵《ようへい》の主人公としゃべる剣がコンビを組む。

剣じゃなくて手（正確には、左手にとりついた人面疽）が相棒になるのが、菊地秀行《きくちひでゆき》の《吸血鬼ハンターD》シリーズ。岩明均《いわあきひとし》のマンガ、『寄生獣』では、魔物が主人公の右腕に寄生し、独立した人格を持って〝ミギー〟と名乗る。

このパターンの原型は、永井豪《ながいごう》の『デビルマン』だろう。ふつうの高校生だった不動明《ふどうあきら》はデーモン族の勇者アモンと合体し、人間の心と悪魔の力を持つ悪魔人間に変身する。もっとも、体はひとつしかないので〝バディもの〟と呼べるかどうかは微妙なところ。

相棒の魔物に独立した体があるタイプの代表は、藤田和日郎《ふじたかずひろ》『うしおととら』。槍に封じ

られていた大妖怪をうっかり解放してしまった主人公の少年、蒼月潮《あおつきうしお》は、その〝とら〟と一緒に、妖怪との戦いに身を投じる。緑川《みどりかわ》ゆき『夏目友人帳』は、いわばその少女マンガ版。妖怪の姿が見える少年・夏目貴志《なつめたかし》は用心棒役の妖怪、ニャンコ先生こと斑《まだら》（ふだんは猫の姿だが、戦うときは巨大化する）とコンビを組んで、妖《あやかし》と関わることになる。

……とまあ、例を挙げるとキリがないが、新鋭・高橋由太のデビュー長編、『もののけ本所深川事件帖　オサキ江戸へ』は、そうした〝魔物とのバディもの〟の最新の例。江戸を舞台にした時代ものと合体させたのがポイントだ。

主人公・周吉の相棒は、日本古来の妖怪、オサキ。といっても、「なにそれ？」と思う人が多いかもしれませんが、ざっくり言うと妖狐の仲間。狐憑きの狐とか、犬神憑きの犬神みたいなもんですね。人間に化ける妖狐のことは『日本霊異記《りょういき》』にも出てくるそうだから、こう見えても千年を超える歴史がある。民俗学者の小松和彦《こまつかずひこ》によれば、

「人間に憑くとされるキツネは、野生の場合もあるが、多くは特定の家筋（これを〈狐持ち〉という）で祀《まつ》られ、飼い養われている特殊なキツネであるといい、オサキ狐、クダ狐、人狐など、地方によってさまざまな名称で呼ばれている。狐持ちの家は、このキツネを祀ることで富み栄えることができるばかりでなく、キツネを使って自分が好ましくないと思う者の所有物を奪い取ったり、破壊したり、キツネを憑けて病気にしたりすると信じられている。しかも狐持ちの家は婚姻によって広がるとされたので、縁組を避けるなどのことがあった」

という。

この妖怪のまたの名がオサキ（尾裂き狐もしくは御先狐）。外見については、イタチに似た小動物だとか、フクロウとネズミを掛け合わせたようだとか、ハツカネズミよりちょっと大きいとか、諸説さまざまだが、本書のオサキは、尾がふたつに裂けた白狐。ふだんは豆粒くらいの大きさで周吉の懐に入っているが、人目を気にしなくていいときは、本来の狐の姿にもどる。好物は升屋の高級油揚げ。必要に迫られると人を食うこともあるらしい。

本来、オサキの主な生息地（というか、オサキ伝承が語られている範囲）は、関東地方の山村だが、なぜか江戸にはオサキがいない。一説によると、王子稲荷神社を本拠とする関八州のキツネの親分に遠慮してのことだとか。それにもかまわず江戸へやってきたオサキは、周吉の懐でぬくぬく過ごしながら、優雅なアーバンライフを満喫している。

対する周吉も、オサキモチの家系に生まれたせいか、常人離れしたさまざまな特殊能力の持ち主だが、いたってぼんやりした性格。ある事情から生まれ故郷の村にいられなくなり、江戸近くの野山を彷徨《さまよ》っていたところ、魔物に食われそうになっている商人（鵙屋安左衛門）と遭遇。オサキモチの力で助けてやったのが縁で、オサキともども江戸にやってきて、正体を隠したまま、本所深川の献残屋、鵙屋に奉公することになる。献残屋とは、武家への献上品だの贈答品だののうち不要になったものをひきとって売りさばく、いわば武家御用達のリサイクルショップ。鵙屋で働きはじめた周吉はたちまち商人としての才覚をあらわし、優秀な手代として重宝されはじめる。主人夫婦の覚えもめでたく、どうやらひとり娘のお琴にも憎からず思われている様子。このまま順風満帆の人生がつづくかに思えたが、やがて周吉と鵙屋の周辺で奇妙な事件が起こりはじめる……。

と、以上がこの物語の基本設定。周吉は、妖力も商才もあるくせに、どうも世間知らずで天然ボケ気味。口が達者でやたらお節介な妖怪オサキがその周吉にツッコミを入れ、人前でも平気でからかいまくる（オサキの声は周吉にしか聞こえず、オサキはなぜか女言葉でしゃべるので、ふたりの会話はなんとなく夫婦《めおと》漫才風）。この凸凹コンビが、周吉の推理力とオサキの戦闘力をフルに発揮して謎に挑むのが『もののけ本所深川事件帖』の基本線。脇役には、鵙屋の勝気なお嬢様、お琴をはじめ、風采の上がらない年寄りに見えて実はめっぽう腕が立つ剣術使いの柳生蜘蛛ノ介、深川一帯を束ねるテキ屋の親分・佐平次、鵙屋の実直な番頭・吉兵衛などなど、さまざまな人物が登場する。

江戸の時代劇に妖怪変化をミックスした小説としては、畠中恵《はたけなかめぐみ》の《しゃばけ》シリーズや、京極夏彦《きょうごくなつひこ》の《巷説百物語》シリーズ（ただし妖怪そのものは登場しない）や、輪渡颯介《わたりそうすけ》の《浪人左門あやかし指南》シリーズなどがぱっと思いつくところ。さらに範囲を広げて、怪異を扱った時代ものでは、宮部《みやべ》みゆきの一連の作品がよく知られている。中でも、連作集『本所深川ふしぎ草紙』は、本書とおなじ深川界隈が舞台で、ある意味、『もののけ本所深川事件帖』のお手本と言ってもいいかもしれない。もっとも、本書の場合は、前述のとおり、人間と妖怪のコンビ探偵ものだというのが最大の特徴なので、『本所深川ふしぎ草紙』の舞台で『夏目友人帳』をやる話——と言えば、当たらずといえども遠からずか。

ところで本書は、最初に書いたように、新人作家・高橋由太のデビュー長編にあたる。原型となったのは、宝島社が主催する長編ミステリーの公募新人賞、『このミステリーがすごい』大賞（第八回）の最終候補作、「鬼とオサキとムカデ女と」。惜しくも受賞は逸したが（この回の大賞は、太朗想史郎《たろうそうしろう》『トギオ』と中山七里《なかやましちり》『さよならドビュッシー』の二作。伽《か》古屋圭市《こやけいいち》『パチプロ・コード』が優秀賞）、可能性を買われて「隠し玉」に選ばれ、大幅改稿の末、（古井盟尊《ふるいあきたけ》『死亡フラグが立ちました！』とともに）宝島社文庫から文庫書き下ろし作品として刊行されることとなった。

ちなみに『このミス』大賞の「隠し玉」は、第一回の上甲宣之《じょうこうのぶゆき》『そのケータイはXX《エクスクロス》で』、第六回の森川楓子《もりかわふうこ》『林檎と蛇のゲーム』に続いて本書が三作目。「隠し玉」を決めるのは、最終選考委員（香山二三郎《かやまふみろう》、茶木則雄《ちゃきのりお》、吉野仁《よしのじん》、大森望《おおもりのぞみ》）ではなく宝島社の編集部。編集者が落選作の中に、「賞はとれなくても、ぜひこの小説を本にしたい！」という原稿を発見したときに与えられる、いわば「宝島社賞」である。

なんだ、残念賞かよ、と思うかもしれませんが、新人賞に落ちた原稿を本にしたら意外な大ヒットに……というケースは過去にたくさんある。高見広春《たかみこうしゅん》『バトル・ロワイアル』はもともと日本ホラー小説大賞落選作だし、小川糸《おがわいと》『食堂かたつむり』もポプラ社小説大賞応募作を大幅に改稿したもの。文庫版が現在ベストセラーになっている故・伊藤計劃《いとうけいかく》の『虐殺器官』も、もとはと言えば小松左京賞の落選作だ。賞には運不運がつきものだし、小説の評価なんて読む人によって全然違うから、大賞受賞作より落選作のほうが多くの人に支持されるケースがあっても不思議はない。参考までに言うと、本書の原型「鬼とオサキとムカデ女と」は、最終選考の選評で以下のように評されている。
〈……妖怪キャラが可愛く、語りもスタイリッシュ。リーダブルな因果応報話ではあるけれども、既存の人気作家の世界枠を超えるものがない。著者が書ける人であることはわかりますが、ぜひ独自の世界の構築を目指していただきたいと思います〉（香山二三郎）
〈……独特のキャラクターが登場する時代伝奇もの。しかし、ある程度読み進めても話の本筋が見えないため、いまひとつの印象のままで終わってしまった。なにか全体を貫くドラマの核となるものが欲しい。また、粗い文章も減点となった。改行と一行あけを多用した文体そのものを見直す必要がある〉（吉野仁）
〈……オサキとオサキモチはライトノベル的にキャラが立ち、バディものとしても秀逸。ムカデ女を抜き、ホラー色を薄め、もう少しコミカルな味を足してキャラクター小説に仕立て直せば、大化けする可能性を秘めている〉（大森望）
可能性は認めつつ、さまざまな欠点が指摘されているわけですが、こうした評を踏まえて、ほとんど原型をとどめないほど徹底的に改稿されたのが本書。『このミス』大賞のサイト（http://konomys.jp/）で公開されている応募作の冒頭部分と読み比べれば一目瞭然《りょうぜん》、まるで別物になっている。文章は見違えるように磨かれ、〝ムカデ女〟は姿を消して怪談色が薄まり、枝葉の多かったプロットは思い切って整理され、時代小説や怪談に不慣れな人でも安心して読める、明朗闊達《かったつ》な妖怪時代劇に生まれ変わった。
高橋由太の著書が出版されるのはこれが最初だが、「ゆた日記【高橋由太のブログ】」の自己紹介によると、作者は、二〇〇四年の夏休みごろから小説を書きはじめ、これまでもあちこちの公募新人賞に作品を投稿していたらしい。いわく、
〈二〇〇五年ごろから二〇〇七年くらいにかけて、自営業を潰して、再就職という世間の荒波にもまれ、借金こそしなかったものの、電気が止まりそうになったりと、ほとんど小説を書きませんでした（現実逃避のために、少しだけ書きました）。小説どころか、もう少しで、息の根が止まるところでした。／二〇〇八年に再就職して、余裕が生まれ、友人にも恵まれ、応募したところ、角川書店のホラー大賞の最終選考に残るという幸運がありました。『落頭民《らくとうみん》』という短編です。／『落頭民』が落選して、しゅんとしていたところ、今度は宝島社さまより、ご連絡があったという流れです〉
ちなみに第一六回日本ホラー小説大賞短編部門の最終候補となった「落頭民」は、中国の伝承を下敷きにした、本書とはまったくタイプの違う個性的な怪異寓話《ぐうわ》。他にもいくつか作品を読んでいるが、残酷系あり脱力系ありと傾向はさまざまで、なかなか引き出しの多い作家らしい。ブログによると、何作も並行して書き進めるタイプだそうで、うまく波に乗れば、毎月のように新作を出すヒットメーカーになるかもしれない。《もののけ本所深川事件帖》シリーズの続巻も含め、今後の活躍を楽しみに待ちたい。

二〇一〇年三月

宝島社
文庫

もののけ本所深川事件帖　オサキ江戸へ
（もののけほんじょふかがわじけんちょう　おさきえどへ）

2010年5月25日　第1刷発行
2010年6月17日　第2刷発行

著　者　高橋由太
発行人　蓮見清一
発行所　株式会社 宝島社
〒102-8388　東京都千代田区一番町25番地
電話：営業 03(3234)4621／編集 03(3239)0069
http://tkj.jp
振替：00170-1-170829（株）宝島社
印刷・製本　中央精版印刷株式会社

乱丁・落丁本はお取り替えいたします

ISBN 978-4-7966-7684-7

『このミステリーがすごい!』大賞シリーズ

第6回隠し玉

林檎と蛇のゲーム

森川楓子

ベッドの下から見つかった一億円。謎の札束と殺人事件に巻き込まれた珠恵の運命は……。中学一年生の少女が父親の過去を探る、ドキドキのガールズ・ミステリー。

第6回大賞

禁断のパンダ(上下)

拓未 司

フレンチのビストロを営む新進気鋭の料理人と、人間離れした味覚を持つ料理評論家が覗き見た、美食界の闇とは? 読者を魅了する★★★美食ミステリー。

第6回優秀賞

パンデミック・アイ 呪眼連鎖《じゅがんれんさ》(上下)

桂 修司

明治維新後、囚人の手で行われた北海道開拓道路工事。鎖塚の上に建つ刑務所で連続怪死事件が起こる。葬られた死者たちの怨念が甦る、戦慄の伝奇ホラーサスペンス!

イノセント・ゲリラの祝祭(上下)

海堂 尊

おなじみの迷コンビが、霞ヶ関で大暴れ!? 白鳥に呼び出され、医療事故調査委員会に出席することになった田口。そこで目にした医療行政の現実とは? 人気シリーズ第4弾!